La

MARE AU DIA

LA

MARE AU DIABLE

Édition tirée à 1,000 exemplaires numérotés
sur papier vélin à la cuve.

———————

Exemplaire N°

F. Rudaux inv. et sc.

Maison Quantin. Imp.

GEORGE SAND

LA
MARE AU DIABLE

Édition enrichie de dix-sept Illustrations

Composées et gravées à l'eau-forte par EDMOND RUDAUX

PARIS

COLLECTION CALMANN LÉVY

MAISON QUANTIN

COMPAGNIE GÉNÉRALE D'IMPRESSION ET D'ÉDITION

7, RUE SAINT-BENOIT, 7

M DCCC LXXXIX

NOTICE

—

Quand j'ai commencé, par la *Mare au Diable,*
une série de tableaux champêtres, que je
me proposais de réunir sous le titre de *Veillées
du Chanvreur,* je n'ai eu aucun système, aucune
prétention révolutionnaire en littérature. Personne ne fait une révolution à soi tout seul, et il
en est, surtout dans les arts, que l'humanité
accomplit sans trop savoir comment, parce que
c'est tout le monde qui s'en charge. Mais ceci
n'est pas applicable au roman de mœurs rustiques : il a existé de tout temps et sous toutes
les formes, tantôt pompeuses, tantôt maniérées,
tantôt naïves. Je l'ai dit, et dois le répéter ici : le
rêve de la vie champêtre a été de tout temps
l'idéal des villes et même celui des cours. Je n'ai

rien fait de neuf en suivant la pente qui ramène
l'homme civilisé aux charmes de la vie primitive.
Je n'ai voulu ni faire une nouvelle langue ni me
chercher une nouvelle manière. On me l'a cependant affirmé dans bon nombre de feuilletons,
mais je sais mieux que personne à quoi m'en
tenir sur mes propres desseins, et je m'étonne
toujours que la critique en cherche si long, quand
l'idée la plus simple, la circonstance la plus vul-
gaire, sont les seules inspirations auxquelles les
productions de l'art doivent l'être. Pour la *Mare
au Diable* en particulier, le fait que j'ai rapporté
dans l'avant-propos, une gravure d'Holbein, qui
m'avait frappé, une scène réelle que j'eus sous
les yeux dans le même moment, au temps des
semailles, voilà tout ce qui m'a poussé à écrire
cette histoire modeste, placée au milieu des hum-
bles paysages que je parcourais chaque jour. Si
on me demande ce que j'ai voulu faire, je répon-
drai que j'ai voulu faire une chose très touchante
et très simple, et que je n'ai pas réussi à mon
gré. J'ai bien vu, j'ai bien senti le beau dans le
simple, mais voir et peindre sont deux ! Tout ce
que l'artiste peut espérer de mieux, c'est d'engager ceux qui ont des yeux à regarder aussi.
Voyez donc la simplicité, vous autres, voyez le

ciel et les champs, et les arbres, et les paysans
surtout dans ce qu'ils ont de bon et de vrai :
vous les verrez un peu dans mon livre, vous les
verrez beaucoup mieux dans la nature.

GEORGE SAND.

Nohant, 12 avril 1851.

I

L'AUTEUR AU LECTEUR

A la sueur de ton visaige
Tu gagnerois ta pauvre vie,
Après long travail et usaige,
Voicy la *mort* qui te convie.

LE quatrain en *vieux français, placé au-dessous d'une
composition d'Holbein est d'une tristesse profonde dans
sa naïveté. La gravure représente un laboureur condui-
sant sa charrue au milieu d'un champ. Une vaste campagne s'étend au loin, on y voit de pauvres cabanes ; le
soleil se couche derrière la colline. C'est la fin d'une rude
journée de travail. Le paysan est vieux, trapu, couvert de
haillons. L'attelage de quatre chevaux qu'il pousse en
avant est maigre, exténué ; le soc s'enfonce dans un fonds*

1

raboteux et rebelle. Un seul être est allègre et ingambe dans cette scène de sueur et usaige. C'est un personnage fantastique, un squelette armé d'un fouet, qui court dans le sillon à côté des chevaux effrayés et les frappe, servant ainsi de valet de charrue au vieux laboureur. C'est la mort, ce spectre qu'Holbein a introduit allégoriquement dans la succession de sujets philosophiques et religieux, à la fois lugubres et bouffons, intitulée les Simulachres de la mort.

Dans cette collection, ou plutôt dans cette vaste composition où la mort, jouant son rôle à toutes les pages, est le lien et la pensée dominante, Holbein a fait comparaître les souverains, les pontifes, les amants, les joueurs, les ivrognes, les nonnes, les courtisanes, les brigands, les pauvres, les guerriers, les moines, les juifs, les voyageurs, tout le monde de son temps et du nôtre; et partout le spectre de la mort raille, menace et triomphe. D'un seul tableau, elle est absente. C'est celui où le pauvre Lazare, couché sur un fumier à la porte du riche, déclare qu'il ne la craint pas, sans doute parce qu'il n'a rien à perdre et que sa vie est une mort anticipée.

Cette pensée stoïcienne du christianisme demi-païen de la Renaissance est-elle bien consolante, et les âmes religieuses y trouvent-elles leur compte? L'ambitieux, le fourbe, le tyran, le débauché, tous ces pécheurs superbes qui abusent de la vie et que la mort tient par les cheveux, vont être punis, sans doute; mais l'aveugle, le mendiant, le fou, le pauvre paysan sont-ils dédommagés de leur longue misère par la seule réflexion que la mort n'est pas un mal

*pour eux? Non! Une tristesse implacable, une effroyable
fatalité pèse sur l'œuvre de l'artiste. Cela ressemble à une
malédiction amère lancée sur le sort de l'humanité.*

*C'est bien là la satire douloureuse, la peinture vraie
de la société qu'Holbein avait sous les yeux. Crime et
malheur, voilà ce qui le frappait; mais nous, artistes d'un
autre siècle, que peindrons-nous? Chercherons-nous dans
la pensée de la mort la rémunération de l'humanité présente? l'invoquerons-nous comme le châtiment de l'injus-
tice et le dédommagement de la souffrance?*

*Non, nous n'avons plus affaire à la mort, mais à la vie.
Nous ne croyons plus ni au néant de la tombe, ni au salut
acheté par un renoncement forcé; nous voulons que la vie
soit bonne, parce que nous voulons qu'elle soit féconde. Il
faut que Lazare quitte son fumier, afin que le pauvre ne
se réjouisse plus de la mort du riche. Il faut que tous
soient heureux, afin que le bonheur de quelques-uns ne
soit pas criminel et maudit de Dieu. Il faut que le laboureur, en semant son blé, sache qu'il travaille à l'œuvre de
vie, et non qu'il se réjouisse de ce que la mort marche à
ses côtés. Il faut enfin que la mort ne soit plus ni le châtiment de la prospérité, ni la consolation de la détresse.
Dieu ne l'a destinée ni à punir, ni à dédommager de la vie;
car il a béni la vie, et la tombe ne doit pas être un refuge
où il soit permis d'envoyer ceux qu'on ne veut pas rendre
heureux.*

*Certains artistes de notre temps, jetant un regard sérieux
sur ce qui les entoure, s'attachent à peindre la douleur,
l'abjection de la misère, le fumier de Lazare. Ceci peut*

*être du domaine de l'art et de la philosophie ; mais, en
peignant la misère si laide, si avilie, parfois si vicieuse et
si criminelle, leur but est-il atteint, et l'effet en est-il salu-
taire, comme ils le voudraient ? Nous n'osons pas nous
prononcer là-dessus. On peut nous dire qu'en montrant ce
gouffre creusé sous le sol fragile de l'opulence, ils effrayent
le mauvais riche, comme, au temps de la danse macabre,
on lui montrait sa fosse béante et la mort prête à l'enlacer
dans ses bras immondes. Aujourd'hui on lui montre le
bandit crochetant sa porte et l'assassin guettant son sommeil. Nous confessons que nous ne comprenons pas trop
comment on le réconciliera avec l'humanité qu'il méprise,
comment on le rendra sensible aux douleurs du pauvre
qu'il redoute, en lui montrant ce pauvre sous la forme du
forçat évadé et du rôdeur de nuit. L'affreuse mort, grin-
çant des dents et jouant du violon dans les images d'Holbein
et de ses devanciers, n'a pas trouvé moyen, sous cet aspect,
de convertir les pervers et de consoler les victimes. Est-ce
que notre littérature ne procéderait pas un peu en ceci
comme les artistes du moyen âge et de la Renaissance ?*

*Les buveurs d'Holbein remplissent leurs coupes avec
une sorte de fureur pour écarter l'idée de la mort, qui,
invisible pour eux, leur sert d'échanson. Les mauvais
riches d'aujourd'hui demandent des fortifications et des
canons pour écarter l'idée d'une jacquerie, que l'art leur
montre travaillant dans l'ombre, en détail, en attendant le
moment de fondre sur l'état social. L'Église du moyen âge
répondait aux terreurs des puissants de la terre par la
vente des indulgences. Le gouvernement d'aujourd'hui*

calme l'inquiétude des riches en leur faisant payer beaucoup de gendarmes et de geôliers, de baïonnettes et de
prisons.

Albert Dürer, Michel-Ange, Holbein, Callot, Goya, ont
fait de puissantes satires des maux de leur siècle et de leur
pays. Ce sont des œuvres immortelles, des pages histo-
riques d'une valeur incontestable; nous ne voulons donc
pas dénier aux artistes le droit de sonder les plaies de la
société et de les mettre à nu sous nos yeux; mais n'y a-t-il
pas autre chose à faire maintenant que la peinture d'épou-
vante et de menace? Dans cette littérature de mystères
d'iniquité, que le talent et l'imagination ont mise à la
mode, nous aimons mieux les figures douces et suaves que
les scélérats à effet dramatique. Celles-là peuvent entre-
prendre et amener des conversions, les autres font peur,
et la peur ne guérit pas l'égoïsme, elle l'augmente.

Nous croyons que la mission de l'art est une mission de
sentiment et d'amour, que le roman d'aujourd'hui devrait
remplacer la parabole et l'apologue des temps naïfs, et
que l'artiste a une tâche plus large et plus poétique que
celle de proposer quelques mesures de prudence et de con-
ciliation pour atténuer l'effroi qu'inspirent ses peintures.
Son but devrait être de faire aimer les objets de sa sollicitude, et, au besoin, je ne lui ferais pas un reproche de
les embellir un peu. L'art n'est pas une étude de la réalité
positive, c'est une recherche de la vérité idéale, et le
Vicaire de Wakefield fut un livre plus utile et plus sain à
l'âme que le Paysan perverti et les Liaisons dangereuses.

Lecteur, pardonnez-moi ces réflexions et veuillez les

accepter en manière de préface. Il n'y en aura point dans l'historiette que je vais vous raconter, et elle sera si courte et si simple que j'avais besoin de m'en excuser d'avance, en vous disant ce que je pense des histoires terribles.

C'est à propos d'un laboureur que je me suis laissé entraîner à cette digression. C'est l'histoire d'un laboureur précisément que j'avais l'intention de vous dire et que je vous dirai tout à l'heure.

LE LABOUR

E vénais de regarder longtemps et avec une profonde mélancolie le laboureur d'Holbein, et je me promenais dans la campagne, rèvant à la vie des champs et à la destinée du cultivateur. Sans doute il est lugubre de consumer ses forces et ses jours à fendre le sein de cette terre jalouse, qui se fait arracher les trésors de sa fécondité, lorsqu'un morceau de pain le plus noir et le plus grossier est, à la fin de la journée, l'unique récompense et l'unique profit attachés à un si dur labeur. Ces richesses qui couvrent le sol, ces mois-

sons, ces fruits, ces bestiaux orgueilleux qui s'engrais-
sent dans les longues herbes, sont la propriété de quelques-uns et les instruments de la fatigue et de l'escla-
vage du plus grand nombre. L'homme de loisir n'aime
en général pour eux-mêmes, ni les champs, ni les prairies, ni le spectacle de la nature, ni les animaux superbes
qui doivent se convertir en pièces d'or pour son usage.
L'homme de loisir vient chercher un peu d'air et de santé
dans le séjour de la campagne, puis il retourne dépenser
dans les grandes villes le fruit du travail de ses vassaux.

De son côté, l'homme du travail est trop accablé,
trop malheureux et trop effrayé de l'avenir, pour jouir
de la beauté des campagnes et des charmes de la vie
rustique. Pour lui aussi, les champs dorés, les belles
prairies, les animaux superbes, représentent des sacs
d'écus dont il n'aura qu'une faible part, insuffisante à
ses besoins, et que, pourtant, il faut remplir, chaque
année, ces sacs maudits, pour satisfaire le maître et
payer le droit de vivre parcimonieusement et miséra-
blement sur son domaine.

Et pourtant la nature est éternellement jeune, belle
et généreuse. Elle verse la poésie et la beauté à tous
les êtres, à toutes les plantes qu'on laisse s'y développer à souhait. Elle possède le secret du bonheur,
et nul n'a su le lui ravir. Le plus heureux des hommes
serait celui qui, possédant la science de son labeur,
et travaillant de ses mains, puisant le bien-être et la

liberté dans l'exercice de sa force intelligente, aurait le temps de vivre par le cœur et par le cerveau, de comprendre son œuvre et d'aimer celle de Dieu. L'artiste a des jouissances de ce genre dans la contemplation et la reproduction des beautés de la nature ; mais, en voyant la douleur des hommes qui peuplent ce paradis de la terre, l'artiste au cœur droit et humain est troublé au milieu de sa jouissance. Le bonheur serait là où l'esprit, le cœur et les bras travaillant de concert sous l'œil de la Providence, une sainte harmonie existerait entre la munificence de Dieu et les ravissements de l'âme humaine. C'est alors qu'au lieu de la piteuse et affreuse Mort, marchant dans son sillon, le fouet à la main, le peintre d'allégories pourrait placer à ses côtés un ange radieux, semant à pleines mains le blé béni sur le sillon fumant.

Et le rêve d'une existence douce, libre, poétique, laborieuse et simple pour l'homme des champs n'est pas si difficile à concevoir qu'on doive le reléguer parmi les chimères. Le mot triste et doux de Virgile : « O heureux l'homme des champs, s'il connaissait son bonheur ! » est un regret ; mais, comme tous les regrets, c'est aussi une prédiction. Un jour viendra où le laboureur pourra être un artiste, sinon pour exprimer (ce qui importera assez peu alors), du moins pour sentir le beau. Croit-on que cette mystérieuse intuition de la poésie ne soit pas en lui déjà à l'état d'instinct et de

2

vague rêverie? Chez ceux qu'un peu d'aisance protège
dès aujourd'hui, et chez qui l'excès du malheur
n'étouffe pas tout développement moral et intellectuel,
le bonheur pur, senti et apprécié est à l'état élémentaire; et, d'ailleurs, si du sein de la douleur et de la
fatigue, des voix de poètes se sont déjà élevées, pourquoi dirait-on que le travail des bras est exclusif des
fonctions de l'âme ? Sans doute cette exclusion est le
résultat général d'un travail excessif et d'une misère
profonde; mais qu'on ne dise pas que quand l'homme
travaillera modérément et utilement, il n'y aura plus
que de mauvais ouvriers et de mauvais poètes. Celui
qui puise de nobles jouissances dans le sentiment de la
poésie est un vrai poète, n'eût-il pas fait un vers dans
toute sa vie.

Mes pensées avaient pris ce cours, et je ne m'a-
percevais pas que cette confiance dans l'éducabilité de
l'homme était fortifiée en moi par les influences exté-
rieures. Je marchais sur la lisière d'un champ que les
paysans étaient en train de préparer pour la semaille
prochaine. L'arène était vaste comme celle du tableau
d'Holbein. Le paysage était vaste aussi et encadrait
de grandes lignes de verdure, un peu rougie aux approches de l'automne, ce large terrain d'un brun vigoureux, où des pluies récentes avaient laissé, dans quelques sillons, des lignes d'eau que le soleil faisait
briller comme de minces filets d'argent. La journée

était claire et tiède, et la terre, fraîchement ouverte
par le tranchant des charrues, exhalait une vapeur
légère. Dans le haut du champ un vieillard, dont le
dos large et la figure sévère rappelaient celui d'Holbein, mais dont les vêtements n'annonçaient pas la
misère, poussait gravement son *areau* de forme antique, traîné par deux bœufs tranquilles, à la robe d'un
jaune pâle, véritables patriarches de la prairie, hauts
de taille, un peu maigres, les cornes longues et rabat-
tues, de ces vieux travailleurs qu'une longue habitude
a rendus *frères,* comme on les appelle dans nos campagnes, et qui, privés l'un de l'autre, se refusent au
travail avec un nouveau compagnon et se laissent mourir de chagrin. Les gens qui ne connaissent pas la
campagne taxent de fable l'amitié du bœuf pour son
camarade d'attelage. Qu'ils viennent voir au fond de
l'étable un pauvre animal maigre, exténué, battant de
sa queue inquiète ses flancs décharnés, soufflant avec
effroi et dédain sur la nourriture qu'on lui présente,
les yeux toujours tournés vers la porte, en grattant du
pied la place vide à ses côtés, flairant les jougs et les
chaînes que son compagnon a portés, et l'appelant sans
cesse avec de déplorables mugissements. Le bouvier
dira : « C'est une paire de bœufs perdue ; son frère est
mort, et celui-là ne travaillera plus. Il faudrait pouvoir l'engraisser pour l'abattre ; mais il ne veut pas
manger, et bientôt il sera mort de faim. »

Le vieux laboureur travaillait lentement, en silence,
sans efforts inutiles. Son docile attelage ne se pressait
pas plus que lui; mais grâce à la continuité d'un
labeur sans distraction et d'une dépense de forces
éprouvées et soutenues, son sillon était aussi vite
creusé que celui de son fils, qui menait, à quelque
distance, quatre bœufs moins robustes, dans une veine
de terres plus fortes et plus pierreuses.

Mais ce qui attira ensuite mon attention était véri-
tablement un beau spectacle, un noble sujet pour un
peintre. A l'autre extrémité de la plaine labourable,
un jeune homme de bonne mine conduisait un attelage magnifique : quatre paires de jeunes animaux à
robe sombre mêlée de noir fauve à reflets de feu, avec
ces têtes courtes et frisées qui sentent encore le tau-
reau sauvage, ces gros yeux farouches, ces mouve-
ments brusques, ce travail nerveux et saccadé qui
s'irrite encore du joug et de l'aiguillon et n'obéit qu'en
frémissant de colère à la domination nouvellement
imposée. C'est ce qu'on appelle des bœufs *fraîchement
liés*. L'homme qui les gouvernait avait à défricher un
coin naguère abandonné au pâturage et rempli de
souches séculaires, travail d'athlète auquel suffisaient
à peine son énergie, sa jeunesse et ses huit animaux
quasi indomptés.

Un enfant de six à sept ans, beau comme un ange,
et les épaules couvertes, sur sa blouse, d'une peau

d'agneau qui le faisait ressembler au petit saint Jean-
Baptiste des peintres de la Renaissance, marchait dans
le sillon parallèle à la charrue et piquait le flanc des
bœufs avec une gaule longue et légère, armée d'un
aiguillon peu acéré. Les fiers animaux frémissaient
sous la petite main de l'enfant et faisaient grincer les
jougs et les courroies liés à leur front, en imprimant
au timon de violentes secousses. Lorsqu'une racine
arrêtait le soc, le laboureur criait d'une voix puissante,
appelant chaque bête par son nom, mais plutôt pour
calmer que pour exciter ; car les bœufs, irrités par cette
brusque résistance, bondissaient, creusaient la terre
de leurs larges pieds fourchus, et se seraient jetés de
côté emportant l'areau à travers champs, si, de la voix
et de l'aiguillon, le jeune homme n'eût maintenu les
quatre premiers, tandis que l'enfant gouvernait les
quatre autres. Il criait aussi, le pauvret, d'une voix
qu'il voulait rendre terrible et qui restait douce comme
sa figure angélique. Tout cela était beau de force ou de
grâce : le paysage, l'homme, l'enfant, les taureaux sous
le joug ; et, malgré cette lutte puissante, où la terre
était vaincue, il y avait un sentiment de douceur et de
calme profond qui planait sur toutes choses. Quand
l'obstacle était surmonté et que l'attelage reprenait sa
marche égale et solennelle, le laboureur, dont la feinte
violence n'était qu'un exercice de vigueur et une
dépense d'activité, reprenait tout à coup la sérénité

des âmes simples et jetait un regard de contentement paternel sur son enfant, qui se retournait pour lui sourire. Puis la voix mâle de ce jeune père de famille entonnait le chant solennel et mélancolique que l'antique tradition du pays transmet, non pas à tous les laboureurs indistinctement, mais aux plus consommés dans l'art d'exciter et de soutenir l'ardeur des bœufs de travail. Ce chant, dont l'origine fut peut-être considérée comme sacrée, et auquel de mystérieuses influences ont dû être attribuées jadis, est réputé encore aujourd'hui posséder la vertu d'entretenir le courage de ces animaux, d'apaiser leurs mécontentements et de charmer l'ennui de leur longue besogne. Il ne suffit pas de savoir bien les conduire en traçant un sillon parfaitement rectiligne, de leur alléger la peine en soulevant ou enfonçant à point le fer dans la terre : on n'est point un parfait laboureur si on ne sait chanter aux bœufs, et c'est là une science à part qui exige un goût et des moyens particuliers.

Ce chant n'est, à vrai dire, qu'une sorte de récitatif interrompu et repris à volonté. Sa forme irrégulière et ses intonations fausses selon les règles de l'art musical le rendent intraduisible. Mais ce n'en est pas moins un beau chant, et tellement approprié à la nature du travail qu'il accompagne, à l'allure du bœuf, au calme des lieux agrestes, à la simplicité des hommes qui le disent, qu'aucun génie étranger au travail de la terre ne l'eût inventé, et qu'aucun chanteur autre qu'un *fin laboureur* de cette contrée ne saurait le redire. Aux époques de l'année où il n'y a pas d'autre travail et d'autre mouvement dans la campagne que celui du labourage, ce chant si doux et si puissant monte comme une voix de la brise, à laquelle sa tonalité particulière donne une certaine ressemblance. La note finale de chaque phrase, tenue et tremblée avec une longueur et une puissance d'haleine incroyable, monte d'un quart de ton en faussant systématiquement. Cela est sauvage, mais le charme en est indicible, et quand on s'est habitué à l'entendre, on ne conçoit pas qu'un autre chant pût s'élever à ces heures et dans ces lieux-là, sans en déranger l'harmonie.

Il se trouvait donc que j'avais sous les yeux un tableau qui contrastait avec celui d'Holbein, quoique ce fût une scène pareille. Au lieu d'un triste vieillard, un homme jeune et dispos; au lieu d'un attelage de chevaux efflanqués et harassés, un double quadrige de bœufs robustes et ardents; au lieu de la mort, un bel enfant; au lieu d'une image de désespoir et d'une idée de destruction, un spectacle d'énergie et une pensée de bonheur.

C'est alors que le quatrain français

A la sueur de ton visage, etc.

et le *O fortunatos... agricolas* de Virgile me revin-

rent ensemble à l'esprit, et qu'en voyant ce couple
si beau, l'homme et l'enfant, accomplir dans des conditions si poétiques, et avec tant de grâce unie à
tant de force, un travail plein de grandeur et de solen-
nité, je sentis une pitié profonde mêlée à un respect
involontaire. Heureux le laboureur! Oui, sans doute,
je le serais à sa place, si mon bras, devenu tout d'un
coup robuste, et ma poitrine devenue puissante, pouvaient ainsi féconder et chanter la nature, sans que
mes yeux cessassent de voir et mon cerveau de comprendre l'harmonie des couleurs et des sons, la finesse
des tons et la grâce des contours, en un mot la beauté
mystérieuse des choses, et surtout sans que mon
cœur cessât d'être en relation avec le sentiment divin
qui a présidé à la création immortelle et sublime.

Mais, hélas! cet homme n'a jamais compris le
mystère du beau, cet enfant ne le comprendra jamais!... Dieu me préserve de croire qu'ils ne soient
pas supérieurs aux animaux qu'ils dominent, et qu'ils
n'aient pas par instants une sorte de révélation exta-
tique qui charme leur fatigue et endort leurs soucis!
Je vois sur leurs nobles fronts le sceau du Seigneur,
car ils sont nés rois de la terre bien mieux que ceux
qui la possèdent pour l'avoir payée. Et la preuve
qu'ils le sentent, c'est qu'on ne les dépayserait pas
impunément, c'est qu'ils aiment ce sol arrosé de leurs
sueurs, c'est que le vrai paysan meurt de nostalgie

sous le harnais du soldat, loin du champ qui l'a vu
naître. Mais il manque à cet homme une partie des
jouissances que je possède, jouissances immatérielles
qui lui seraient bien dues, à lui l'ouvrier du vaste
temple que le ciel est assez vaste pour embrasser.
Il lui manque la connaissance de son sentiment. Ceux
qui l'ont condamné à la servitude dès le ventre de sa
mère, ne pouvant lui ôter la rêverie, lui ont ôté la
réflexion.

Eh bien, tel qu'il est, incomplet et condamné à
une éternelle enfance, il est encore plus beau que
celui chez qui la science a étouffé le sentiment. Ne
vous élevez pas au-dessus de lui, vous autres qui vous
croyez investis du droit légitime et imprescriptible de
lui commander, car cette erreur effroyable où vous
êtes prouve que votre esprit a tué votre cœur, et que
vous êtes les plus incomplets et les plus aveugles des
hommes!... J'aime encore mieux cette simplicité de
son âme que les fausses lumières de la vôtre; et si
j'avais à raconter sa vie, j'aurais plus de plaisir à en
faire ressortir les côtés doux et touchants, que vous
n'avez de mérite à peindre l'abjection où les rigueurs
et les mépris de vos préceptes sociaux peuvent le
précipiter.

Je connaissais ce jeune homme et ce bel enfant;
je savais leur histoire, car ils avaient une histoire,
tout le monde a la sienne, et chacun pourrait inté-

resser au roman de sa propre vie, s'il l'avait compris... Quoique paysan et simple laboureur, Germain s'était rendu compte de ses devoirs et de ses affections. Il me les avait racontés naïvement, clairement, et je l'avais écouté avec intérêt. Quand je l'eus regardé labourer assez longtemps, je me demandai pourquoi son histoire ne serait pas écrite, quoique ce fût une histoire aussi simple, aussi droite et aussi peu ornée que le sillon qu'il traçait avec sa charrue.

L'année prochaine, ce sillon sera comblé et couvert par un sillon nouveau. Ainsi s'imprime et disparaît la trace de la plupart des hommes dans le champ de l'humanité. Un peu de terre l'efface, et les sillons que nous avons creusés se succèdent les uns aux autres comme les tombes dans le cimetière. Le sillon du laboureur ne vaut-il pas celui de l'oisif, qui a pourtant un nom, un nom qui restera, si, par une singularité ou une absurdité quelconque, il fait un peu de bruit dans le monde?...

Eh bien, arrachons, s'il se peut, au néant de l'oubli, le sillon de Germain, le *fin laboureur*. Il n'en saura rien et ne s'en inquiétera guère; mais j'aurai eu quelque plaisir à le tenter.

III

LE PÈRE MAURICE

GERMAIN, lui dit un jour son beau-père, il faut pourtant te décider à reprendre femme. Voilà bientôt deux ans que tu es veuf de ma fille, et ton aîné a sept ans. Tu approches de la trentaine, mon garçon, et tu sais que, passé cet âge-là, dans nos pays, un homme est réputé trop vieux pour rentrer en ménage. Tu as trois beaux enfants, et jusqu'ici ils ne nous ont point embarrassés. Ma femme et ma bru les ont soignés de leur mieux et les ont aimés comme elles le devaient. Voilà Petit-Pierre quasi élevé; il pique déjà les bœufs assez gentiment; il est assez sage pour garder les bêtes au pré, et assez fort pour mener les chevaux à l'abreuvoir. Ce n'est donc pas celui-là qui nous gêne : mais les deux autres que nous aimons pourtant, Dieu le sait, les pauvres innocents! nous donnent cette année beaucoup de souci.

Ma bru est près d'accoucher, et elle en a encore un tout petit sur les bras. Quand celui que nous attendons sera venu, elle ne pourra plus s'occuper de ta petite Solange et surtout de ton petit Sylvain, qui n'a pas quatre ans et qui ne se tient guère en repos ni le jour ni la nuit. C'est un sang vif comme toi : ça fera un bon ouvrier, mais ça fait un terrible enfant, et ma vieille ne court plus assez vite pour le rattraper quand il se sauve du côté de la fosse, ou quand il se jette sous les pieds des bêtes. Et puis, avec cet autre que ma bru va mettre au monde, son avant-dernier va retomber pendant un an au moins sur les bras de ma femme. Donc tes enfants nous inquiètent et nous surchargent. Nous n'aimons pas à voir des enfants mal soignés; et quand on pense aux accidents qui peuvent leur arriver, faute de surveillance, on n'a pas la tête en repos. Il te faut donc une autre femme et à moi une autre bru. Songes-y, mon garçon. Je t'ai déjà averti plusieurs fois, le temps se passe, les années ne t'attendront point. Tu dois à tes enfants et à nous autres, qui voulons que tout aille bien dans la maison, de te marier au plus tôt.

— Eh bien, mon père, répondit le gendre, si vous le voulez absolument, il faudra donc vous contenter. Mais je ne veux pas vous cacher que cela me fera beaucoup de peine, et que je n'en ai guère plus d'envie que de me noyer. On sait qui on perd et on ne sait pas qui l'on trouve. J'avais une brave femme, une belle femme, douce, courageuse, bonne à ses père et mère, bonne à son mari, bonne à ses enfants, bonne au travail, aux champs comme à la maison, adroite à l'ouvrage, bonne à tout enfin; et quand vous me l'avez donnée, quand je l'ai prise, nous n'avions pas mis dans nos conditions que je viendrais à l'oublier si j'avais le malheur de la perdre.

— Ce que tu dis là est d'un bon cœur, Germain, reprit le père Maurice; je sais que tu as aimé ma fille, que tu l'as rendue heureuse, et que si tu avais pu contenter la mort en passant à sa place, Catherine serait en vie à l'heure qu'il est, et toi dans le cimetière. Elle méritait bien d'être aimée de toi à ce point-là, et si tu ne t'en consoles pas, nous ne nous en consolons pas non plus. Mais je ne te parle pas de l'oublier. Le bon Dieu a voulu qu'elle nous quittât, et nous ne passons pas un jour sans lui faire savoir par nos prières, nos pensées, nos paroles et nos actions, que nous respectons son souvenir et que nous sommes fâchés de son départ. Mais si elle pouvait te parler de l'autre monde et te donner à connaître sa volonté, elle te commanderait de chercher une mère pour ses petits orphelins. Il s'agit donc de rencontrer une femme qui soit digne de la remplacer. Ce ne sera pas bien aisé; mais ce n'est pas impossible; et quand nous te l'aurons trouvée, tu l'aimeras comme tu aimais

ma fille, parce que tu es un honnête homme et que tu
lui sauras gré de nous rendre service et d'aimer tes
enfants.

— C'est bien, père Maurice, dit Germain, je ferai
votre volonté comme je l'ai toujours faite.

— C'est une justice à te rendre, mon fils, que tu as
toujours écouté l'amitié et les bonnes raisons de ton
chef de famille. Avisons donc ensemble au choix de
ta nouvelle femme. D'abord je ne suis pas d'avis que
tu prennes une jeunesse. Ce n'est pas ce qu'il te faut.
La jeunesse est légère; et comme c'est un fardeau
d'élever trois enfants, surtout quand ils sont d'un
autre lit, il faut une bonne âme bien sage, bien douce
et très portée au travail. Si ta femme n'a pas environ
le même âge que toi, elle n'aura pas assez de raison
pour accepter un pareil devoir. Elle te trouvera trop
vieux et tes enfants trop jeunes. Elle se plaindra et
tes enfants pâtiront.

— Voilà justement ce qui m'inquiète, dit Germain.
Si ces pauvres petits venaient à être maltraités, haïs,
battus?

— A Dieu ne plaise! reprit le vieillard. Mais les
méchantes femmes sont plus rares dans notre pays
que les bonnes, et il faudrait être fou pour ne pas
mettre la main sur celle qui convient.

— C'est vrai, mon père : il y a de bonnes filles
dans notre village. Il y a la Louise, la Sylvaine, la

Claudie, la Marguerite... enfin, celle que vous vou-
drez.

— Doucement, doucement, mon garçon, toutes ces
filles-là sont trop jeunes ou trop pauvres... ou trop
jolies filles; car, enfin, il faut penser à cela aussi, mon
fils. Une jolie femme n'est pas toujours aussi rangée
qu'une autre.

— Vous voulez donc que j'en prenne une laide?
dit Germain un peu inquiet.

— Non, point laide, car cette femme te donnera
d'autres enfants, et il n'y a rien de si triste que d'avoir
des enfants laids, chétifs et malsains. Mais une femme
encore fraîche, d'une bonne santé et qui ne soit ni
belle ni laide, ferait très bien ton affaire.

— Je vois bien, dit Germain en souriant un peu
tristement, que, pour l'avoir telle que vous la voulez,
il faudra la faire faire exprès : d'autant plus que vous
ne la voulez point pauvre, et que les riches ne sont
pas faciles à obtenir, surtout pour un veuf.

— Et si elle était veuve elle-même, Germain? là,
une veuve sans enfants et avec un bon bien!

— Je n'en connais pas pour le moment dans notre
paroisse.

— Ni moi non plus, mais il y en a ailleurs.

— Vous avez quelqu'un en vue, mon père; alors,
dites-le tout de suite.

IV

GERMAIN LE FIN LABOUREUR

Oui, j'ai quelqu'un en vue, répondit le père Maurice. C'est une Léonard, veuve d'un Guérin, qui demeure à Fourche.

— Je ne connais ni la femme ni l'endroit, répondit Germain résigné, mais de plus en plus triste.

— Elle s'appelle Catherine, comme ta défunte.

— Catherine? Oui, ça me fera plaisir d'avoir à dire ce nom-là; Catherine! Et pourtant, si je ne peux pas l'aimer autant que l'autre, ça me fera encore plus de peine, ça me la rappellera plus souvent.

— Je te dis que tu l'aimeras : c'est un bon sujet, une femme de grand cœur; je ne l'ai pas vue depuis longtemps, elle n'était pas laide fille alors; mais elle n'est plus jeune, elle a trente-deux ans. Elle est d'une bonne famille, tous braves gens, et elle a bien pour

4

huit ou dix mille francs de terres, qu'elle vendrait
volontiers pour en acheter d'autres dans l'endroit où
elle s'établirait ; car elle songe aussi à se remarier, et
je sais que, si ton caractère lui convenait, elle ne trou-
verait pas ta position mauvaise.

— Vous avez donc déjà arrangé tout cela?

— Oui, sauf votre avis à tous les deux ; et c'est ce
qu'il faudrait vous demander l'un à l'autre, en faisant
connaissance. Le père de cette femme-là est un peu
mon parent, et il a été beaucoup mon ami. Tu le connais bien, le père Léonard?

— Oui, je l'ai vu vous parler dans les foires, et, à
la dernière, vous avez déjeuné ensemble ; c'est donc
de cela qu'il vous entretenait si longuement?

— Sans doute ; il te regardait vendre tes bêtes et
il trouvait que tu t'y prenais bien, que tu étais un garçon de bonne mine, que tu paraissais actif et entendu ;
et quand je lui eus dit tout ce que tu es et comme tu
te conduis bien avec nous, depuis huit ans que nous
vivons et travaillons ensemble, sans avoir jamais eu
un mot de chagrin ou de colère, il s'est mis dans la
tête de te faire épouser sa fille ; ce qui me convient
aussi, je te le confesse, d'après la bonne renommée
qu'elle a, d'après l'honnêteté de sa famille et les
bonnes affaires où je sais qu'ils sont.

— Je vois, père Maurice, que vous tenez un peu
aux bonnes affaires.

— Sans doute, j'y tiens. Est-ce que tu n'y tiens pas aussi?

— J'y tiens si vous voulez, pour vous faire plaisir; mais vous savez que, pour ma part, je ne m'embarrasse jamais de ce qui me revient ou de ce qui ne me revient pas dans nos profits. Je ne m'entends pas à faire des partages, et ma tête n'est pas bonne pour ces choses-là. Je connais la terre, je connais les bœufs, les chevaux, les attelages, les semences, la battaison, les fourrages. Pour les moutons, la vigne, le jardinage, les menus profits et la culture fine, vous savez que ça regarde votre fils et que je ne m'en mêle pas beaucoup. Quant à l'argent, ma mémoire est courte, et j'aimerais mieux tout céder que de disputer sur le tien et le mien. Je craindrais de me tromper et de réclamer ce qui ne m'est pas dû, et si les affaires n'étaient pas simples et claires, je ne m'y retrouverais jamais.

— C'est tant pis, mon fils, et voilà pourquoi j'aimerais que tu eusses une femme de tête pour me remplacer quand je n'y serai plus. Tu n'as jamais voulu voir clair dans nos comptes, et ça pourrait t'amener du désagrément avec mon fils, quand vous ne m'aurez plus pour vous mettre d'accord et vous dire ce qui vous revient à chacun.

— Puissiez-vous vivre longtemps, père Maurice! Mais ne vous inquiétez pas de ce qui sera après vous:

jamais je ne me disputerai avec votre fils. Je me fie
à Jacques comme à vous-même, et comme je n'ai pas
de bien à moi, que tout ce qui peut me revenir
provient de votre fille et appartient à nos enfants,
je peux être tranquille et vous aussi; Jacques ne
voudrait pas dépouiller les enfants de sa sœur pour
les siens, puisqu'il les aime quasi autant les uns que
les autres.

— Tu as raison en cela, Germain. Jacques est un
bon fils, un bon frère et un homme qui aime la vérité.
Mais Jacques peut mourir avant toi, avant que vos
enfants soient élevés, et il faut toujours songer, dans
une famille, à ne pas laisser des mineurs sans un chef
pour les bien conseiller et régler leurs différends.
Autrement les gens de loi s'en mêlent, les brouillent
ensemble et leur font tout manger en procès. Ainsi
donc, nous ne devons pas penser à mettre chez nous
une personne de plus, soit homme, soit femme, sans
nous dire qu'un jour cette personne-là aura peut-être
à diriger la conduite et les affaires d'une trentaine
d'enfants, petits-enfants, gendres et brus... On ne sait
pas combien une famille peut s'accroître, et quand la
ruche est trop pleine, qu'il faut essaimer, chacun
songe à emporter son miel. Quand je t'ai pris pour
gendre, quoique ma fille fût riche et toi pauvre, je ne
lui ai pas fait reproche de t'avoir choisi. Je te voyais
bon travailleur, et je savais bien que la meilleure

richesse pour des gens de campagne comme nous,
c'est une paire de bras et un cœur comme les tiens.
Quand un homme apporte cela dans une famille, il
apporte assez. Mais une femme, c'est différent : son
travail dans la maison est bon pour conserver, non
pour acquérir. D'ailleurs, à présent que tu es père et
que tu cherches femme, il faut songer que tes nou-
veaux enfants, n'ayant rien à prétendre dans l'héritage
de ceux du premier lit, se trouveraient dans la misère
si tu venais à mourir, à moins que ta femme n'eût
quelque bien de son côté. Et puis, les enfants dont tu
vas augmenter notre colonie coûteront quelque chose
à nourrir. Si cela retombait sur nous seuls, nous les
nourririons, bien certainement, et sans nous en
plaindre; mais le bien-être de tout le monde en serait
diminué, et les premiers enfants auraient leur part de
privations là dedans. Quand les familles augmentent
outre mesure sans que le bien augmente en propor-
tion, la misère vient, quelque courage qu'on y mette.
Voilà mes observations, Germain; pèse-les, et tâche
de te faire agréer à la veuve Guérin; car sa bonne
conduite et ses écus apporteront ici de l'aide dans le
présent et de la tranquillité pour l'avenir.

— C'est dit, mon père. Je vais tâcher de lui plaire
et qu'elle me plaise.

— Pour cela, il faut la voir et aller la trouver.

— Dans son endroit? A Fourche? C'est loin d'ici,

n'est-ce pas? et nous n'avons guère le temps de courir
dans cette saison.

— Quand il s'agit d'un mariage d'amour, il faut
s'attendre à perdre du temps; mais quand c'est un
mariage de raison entre deux personnes qui n'ont pas
de caprices et savent ce qu'elles veulent, c'est bientôt
décidé. C'est demain samedi; tu feras la journée de
labour un peu courte, tu partiras vers les deux heures
après dîner; tu seras à Fourche à la nuit; la lune est
grande dans ce moment-ci, les chemins sont bons, et
il n'y a pas plus de trois lieues de pays. C'est près du
Magnier. D'ailleurs, tu prendras la jument.

— J'aimerais autant aller à pied, par ce temps
frais.

— Oui, mais la jument est belle, et un prétendu
qui arrive aussi bien monté a meilleur air. Tu mettras
tes habits neufs, et tu porteras un joli présent de gibier
au père Léonard. Tu arriveras de ma part, tu causeras
avec lui, tu passeras la journée du dimanche avec sa
fille, et tu reviendras avec un oui ou un non lundi
matin.

— C'est entendu, répondit tranquillement Germain; et pourtant il n'était pas tout à fait tranquille.

Germain avait toujours vécu sagement comme
vivent les paysans laborieux. Marié à vingt ans, il
n'avait aimé qu'une femme dans sa vie, et, depuis son
veuvage, quoiqu'il fût d'un caractère impétueux et en-

joué, il n'avait ri et folâtré avec aucune autre. Il avait
porté fidèlement un véritable regret dans son cœur,
et ce n'était pas sans crainte et sans tristesse qu'il
cédait à son beau-père; mais le beau-père avait toujours gouverné sagement la famille, et Germain, qui
s'était dévoué tout entier à l'œuvre commune, et, par
conséquent, à celui qui la personnifiait, au père de
famille, Germain ne comprenait pas qu'il eût pu se ré-
volter contre de bonnes raisons, contre l'intérêt de tous.

Néanmoins il était triste. Il se passait peu de jours
qu'il ne pleurât sa femme en secret, et, quoique la solitude commençât à lui peser, il était plus effrayé de
former une union nouvelle que désireux de se soustraire à son chagrin. Il se disait vaguement que l'amour
eût pu le consoler, en venant le surprendre, car l'amour
ne console pas autrement. On ne le trouve pas quand
on le cherche; il vient à nous quand nous ne l'attendons pas. Ce froid projet de mariage que lui montrait
le père Maurice, cette fiancée inconnue, peut-être
même tout ce bien qu'on lui disait de sa raison et de
sa vertu, lui donnaient à penser. Et il s'en allait, son-
geant, comme songent les hommes qui n'ont pas
assez d'idées pour qu'elles se combattent entre elles,
c'est-à-dire ne se formulant pas à lui-même de belles
raisons de résistance et d'égoïsme, mais souffrant d'une
douleur sourde, et ne luttant pas contre un mal qu'il
fallait accepter.

Cependant le père Maurice était rentré à la métairie, tandis que Germain, entre le coucher du soleil et la nuit, occupait la dernière heure du jour à fermer les brèches que les moutons avaient faites à la bordure d'un enclos voisin des bâtiments. Il relevait les tiges d'épine et les soutenait avec des mottes de terre, tandis que les grives babillaient dans le buisson voisin et semblaient lui crier de se hâter, curieuses qu'elles étaient de venir examiner son ouvrage aussitôt qu'il serait parti.

E. Rudaux inv. et sc.

Maison Quantin. Imp.

LA MARE AU DIABLE — Chapitre V.

V

LA GUILLETTE

L E père Maurice trouva chez lui une vieille voisine qui était venue causer avec sa femme tout en cherchant de la braise pour allumer son feu. La mère Guillette habitait une chaumière fort pauvre à deux portées de fusil de la ferme. Mais c'était une femme d'ordre et de volonté. Sa pauvre maison était propre et bien tenue, et ses vêtements rapiécés avec soin annonçaient le respect de soi-même au milieu de sa détresse.

— Vous êtes venue chercher le feu du soir, mère Guillette, lui dit le vieillard. Voulez-vous quelque autre chose?

— Non, père Maurice, répondit-elle ; rien pour le moment. Je ne suis pas quémandeuse, vous le savez, et je n'abuse pas de la bonté de mes amis.

— C'est la vérité ; aussi vos amis sont toujours prêts à vous rendre service.

— J'étais en train de causer avec votre femme, et je lui demandais si Germain se décidait enfin à se remarier.

— Vous n'êtes point une bavarde, répondit le père Maurice, on peut parler devant vous sans craindre les propos : ainsi je dirai à ma femme et à vous que Germain est tout à fait décidé ; il part demain pour le domaine de Fourche.

— A la bonne heure ! s'écria la mère Maurice ; ce pauvre enfant ! Dieu veuille qu'il trouve une femme aussi bonne et aussi brave que lui !

— Ah ! il va à Fourche ? observa la Guillette. Voyez-vous comme ça se trouve ! cela m'arrange beaucoup, et puisque vous me demandiez tout à l'heure si je désirais quelque chose, je vais vous dire, père Maurice, en quoi vous pouvez m'obliger.

— Dites, dites, vous obliger, nous le voulons.

— Je voudrais que Germain prît la peine d'emmener ma fille avec lui.

— Où donc? à Fourche?

— Non pas à Fourche ; mais aux Ormeaux, où elle va demeurer le reste de l'année.

— Comment ! dit la mère Maurice, vous vous séparez de votre fille?

— Il faut bien qu'elle entre en condition et qu'elle

E. Rudaux inv. et sc.

Maison Quantin. Imp.

LA MARE AU DIABLE — Chapitre V.

gagne quelque chose. Ça me fait assez de peine et à
elle aussi, la pauvre âme! Nous n'avons pas pu nous
décider à nous quitter à l'époque de la Saint-Jean;
mais voilà que la Saint-Martin arrive, et qu'elle trouve
une bonne place de bergère dans les fermes des Ormeaux. Le fermier passait l'autre jour par ici en revenant de la foire. Il vit ma petite Marie qui gardait ses
trois moutons sur le communal. « Vous n'êtes guère
occupée, ma petite fille, qu'il lui dit; et trois moutons
pour une *pastour*, ce n'est guère. Voulez-vous en
garder cent? je vous emmène. La bergère de chez nous
est tombée malade, elle retourne chez ses parents, et
si vous voulez être chez nous avant huit jours, vous
aurez cinquante francs pour le reste de l'année jusqu'à
la Saint-Jean. » L'enfant a refusé, mais elle n'a pu se
défendre d'y songer et de me le dire lorsqu'en ren-
trant le soir elle m'a vue triste et embarrassée de passer
l'hiver, qui va être rude et long, puisqu'on a vu, cette
année, les grues et les oies sauvages traverser les airs
un grand mois plus tôt que de coutume. Nous avons
pleuré toutes deux; mais enfin le courage est venu.
Nous nous sommes dit que nous ne pouvions pas rester ensemble, puisqu'il y a à peine de quoi faire vivre
une seule personne sur notre lopin de terre; et puisque Marie est en âge (la voilà qui prend seize ans), il
faut bien qu'elle fasse comme les autres, qu'elle gagne
son pain et qu'elle aide sa pauvre mère.

— Mère Guillette, dit le vieux laboureur, s'il ne fallait que cinquante francs pour vous consoler de vos peines et vous dispenser d'envoyer votre enfant au loin, vrai, je vous les ferais trouver, quoique cinquante francs pour des gens comme nous ça commence à peser. Mais en toutes choses il faut consulter la raison autant que l'amitié. Pour être sauvée de la misère de cet hiver, vous ne le serez pas de la misère à venir, et plus votre fille tardera à prendre un parti, plus elle et vous aurez de peine à vous quitter. La petite Marie se fait grande et forte, et elle n'a pas de quoi s'occuper chez vous. Elle pourrait y prendre l'habitude de la fainéantise...

— Oh! pour cela je ne le crains pas, dit la Guillette. Marie est courageuse autant que fille riche à la tête d'un gros travail puisse l'être. Elle ne reste pas un instant les bras croisés, et quand nous n'avons pas d'ouvrage, elle nettoie et frotte nos pauvres meubles qu'elle rend clairs comme des miroirs. C'est une enfant qui vaut son pesant d'or, et j'aurais bien mieux aimé qu'elle entrât chez vous comme bergère que d'aller si loin chez des gens que je ne connais pas. Vous l'auriez prise à la Saint-Jean, si nous avions su nous décider; mais à présent vous avez loué tout votre monde, et ce n'est qu'à la Saint-Jean de l'autre année que nous pourrons y songer.

— Eh! j'y consens de tout mon cœur, Guillette!

Cela me fera plaisir. Mais, en attendant, elle fera bien d'apprendre un état et de s'habituer à servir les autres.

— Oui, sans doute; le sort en est jeté. Le fermier des Ormeaux l'a fait demander ce matin; nous avons dit oui, et il faut qu'elle parte. Mais la pauvre enfant ne sait pas le chemin, et je n'aimerais pas à l'envoyer si loin toute seule. Puisque votre gendre va à Fourche demain, il peut bien l'emmener. Il paraît que c'est tout à côté du domaine où elle va, à ce qu'on m'a dit; car je n'ai jamais fait ce voyage-là.

— C'est tout à côté, et mon gendre la conduira. Cela se doit; il pourra même la prendre en croupe sur la jument, ce qui ménagera ses souliers. Le voilà qui rentre pour souper. Dis-moi, Germain, la petite Marie à la mère Guillette s'en va bergère aux Ormeaux. Tu la conduiras sur ton cheval, n'est-ce pas?

— C'est bien, répondit Germain, qui était soucieux, mais toujours disposé à rendre service à son prochain.

Dans notre monde à nous, pareille chose ne viendrait pas à la pensée d'une mère de confier une fille de seize ans à un homme de vingt-huit! car Germain n'avait réellement que vingt-huit ans, et quoique, selon les idées de son pays, il passât pour vieux au point de vue du mariage, il était encore le plus bel homme de l'endroit. Le travail ne l'avait pas creusé et flétri comme la plupart des paysans qui ont dix années de labourage sur la tête. Il était de force à labourer encore dix ans sans paraître vieux, et il eût fallu que le préjugé de l'âge fût bien fort sur l'esprit d'une jeune fille pour l'empêcher de voir que Germain avait le teint frais, l'œil vif et bleu comme le ciel de mai, la bouche rose, des dents superbes, le corps élégant et souple comme celui d'un jeune cheval qui n'a pas encore quitté le pré.

Mais la chasteté des mœurs est une tradition sacrée dans certaines campagnes éloignées du mouvement corrompu des grandes villes, et, entre toutes les familles de Belair, la famille de Maurice était réputée honnête et servant la vérité. Germain s'en allait chercher femme; Marie était une enfant trop jeune et trop pauvre pour qu'il y songeât dans cette vue, et, à moins d'être un *sans-cœur* et un *mauvais homme,* il était impossible qu'il eût une coupable pensée auprès d'elle. Le père Maurice ne fut donc nullement inquiet de lui voir prendre en croupe cette jolie fille; la Guillette eût cru lui faire injure si elle lui eût recommandé de la respecter comme sa sœur; Marie monta sur la jument en pleurant, après avoir vingt fois embrassé sa mère et ses jeunes amies. Germain, qui était triste pour son compte, compatissait d'autant plus à son chagrin, et s'en alla d'un air sérieux, tandis que les gens du voisinage disaient adieu de la main à la pauvre Marie sans songer à mal.

VI

L A *Grise* était jeune, belle et vigoureuse. Elle
portait sans effort son double fardeau, couchant
les oreilles et rongeant son frein, comme une fière et
ardente jument qu'elle était. En passant devant le
pré-long, elle aperçut sa mère qui s'appelait la vieille
Grise, comme elle la jeune Grise, et elle hennit en
signe d'adieu. La vieille Grise approcha de la haie en
faisant résonner ses enferges, essaya de galoper sur
la marge du pré pour suivre sa fille; puis, la voyant
prendre le grand trot, elle hennit à son tour et resta
pensive, inquiète, le nez au vent, la bouche pleine
d'herbes qu'elle ne songeait plus à manger.

— Cette pauvre bête connaît toujours sa progéni-
ture, dit Germain pour distraire la petite Marie de
son chagrin. Ça me fait penser que je n'ai pas embrassé
mon Petit-Pierre avant de partir. Le mauvais enfant

n'était pas là! Il voulait, hier au soir, me faire promettre de l'emmener, et il a pleuré pendant une heure dans son lit. Ce matin, encore, il a tout essayé pour me persuader. Oh! qu'il est adroit et câlin! mais quand il a vu que ça ne se pouvait pas, monsieur s'est fâché : il est parti dans les champs, et je ne l'ai pas revu de la journée.

— Moi, je l'ai vu, dit la petite Marie en faisant effort pour rentrer ses larmes. Il courait avec les enfants de Soulas du côté des tailles, et je me suis bien doutée qu'il était hors de la maison depuis long-temps, car il avait faim et mangeait des prunelles et des mûres de buisson. Je lui ai donné le pain de mon goûter, et il m'a dit : Merci, ma Marie mignonne, quand tu viendras chez nous, je te donnerai de la ga-lette. C'est un enfant trop gentil que vous avez là, Germain!

— Oui, qu'il est gentil, reprit le laboureur, et je ne sais pas ce que je ne ferais pas pour lui! Si sa grand'mère n'avait pas eu plus de raison que moi, je n'aurais pas pu me tenir de l'emmener, quand je le voyais pleurer si fort que son pauvre petit cœur en était tout gonflé.

— Eh bien! pourquoi ne l'auriez-vous pas em-mené, Germain? il ne vous aurait guère embarrassé ; il est si raisonnable quand on fait sa volonté!

— Il paraît qu'il aurait été de trop où je vais. Du

moins c'était l'avis du père Maurice... Moi, pourtant,
j'aurais pensé qu'au contraire il fallait voir comment
on le recevrait, et qu'un si gentil enfant ne pouvait
qu'être pris en bonne amitié... Mais ils disent à la
maison qu'il ne faut pas commencer par faire voir les
charges du ménage... Je ne sais pas pourquoi je te
parle de ça, petite Marie : tu n'y comprends rien.

— Si fait, Germain; je sais que vous allez pour
vous marier; ma mère me l'a dit, en me recomman-
dant de n'en parler à personne, ni chez nous, ni là où je
vais, et vous pouvez être tranquille : je n'en dirai mot.

— Tu feras bien, car ce n'est pas fait; peut-être
que je ne conviendrai pas à la femme en question.

— Il faut espérer que si, Germain. Pourquoi donc
ne lui conviendriez-vous pas?

— Qui sait? J'ai trois enfants, et c'est lourd pour
une femme qui n'est pas leur mère !

— C'est vrai, mais vos enfants ne sont pas
comme d'autres enfants.

— Crois-tu?

— Ils sont beaux comme des petits anges, et si
bien élevés qu'on n'en peut pas voir de plus aimables.

— Il y a Sylvain qui n'est pas trop commode

— Il est tout petit! il ne peut pas être autrement
que terrible, mais il a tant d'esprit!

— C'est vrai qu'il a de l'esprit : et un courage !
il ne craint ni vaches ni taureaux, et si on le laissait

6

faire, il grimperait déjà sur les chevaux avec son aîné.

— Moi, à votre place, j'aurais amené l'aîné. Bien sûr, ça vous aurait fait aimer tout de suite, d'avoir un enfant si beau!

— Oui, si la femme aime les enfants; mais si elle ne les aime pas!

— Est-ce qu'il y a des femmes qui n'aiment pas les enfants?

— Pas beaucoup, je pense; mais enfin il y en a, et c'est là ce qui me tourmente.

— Vous ne la connaissez donc pas du tout, cette femme?

— Pas plus que toi, et je crains de ne pas la mieux connaître, après que je l'aurai vue. Je ne suis pas méfiant, moi. Quand on me dit de bonnes paroles, j'y crois; mais j'ai été plus d'une fois à même de m'en repentir, car les paroles ne sont pas des actions.

— On dit que c'est une brave femme.

— Qui dit cela? le père Maurice!

— Oui, votre beau-père.

— C'est fort bien; mais il ne la connaît pas non plus

— Eh bien, vous la verrez tantôt, vous ferez grande attention, et il faut espérer que vous ne vous tromperez pas, Germain.

— Tiens, petite Marie, je serais bien aise que tu entres un peu dans la maison, avant de t'en aller

F. Rudaux inv. et sc.

Maison Quantin. Imp.

LA MARE AU DIABLE — Chapitre VI.

tout droit aux Ormeaux : tu es fine, toi, tu as toujours montré de l'esprit, et tu fais attention à tout. Si tu vois quelque chose qui te donne à penser, tu m'en avertiras tout doucement.

— Oh! non, Germain, je ne ferai pas cela! je craindrais trop de me tromper; et, d'ailleurs, si une parole dite à la légère venait à vous dégoûter de ce mariage, vos parents m'en voudraient, et j'ai assez de chagrins comme ça, sans en attirer d'autres sur ma pauvre chère femme de mère.

Comme ils devisaient ainsi, la Grise fit un écart en dressant les oreilles, puis revint sur ses pas et se rapprocha du buisson, où quelque chose qu'elle commençait à reconnaître l'avait d'abord effrayée. Germain jeta un regard sur le buisson et vit dans le fossé, sous les branches épaisses et encore fraîches d'un têteau de chêne, quelque chose qu'il prit pour un agneau.

— C'est une bête égarée, dit-il, ou morte, car elle ne bouge. Peut-être que quelqu'un la cherche; il faut voir.

— Ce n'est pas une bête, s'écria la petite Marie : c'est un enfant qui dort; c'est votre Petit-Pierre.

— Par exemple! dit Germain en descendant de cheval : voyez ce petit garnement qui dort là, si loin de la maison, et dans un fossé où quelque serpent pourrait bien le trouver!

Il prit dans ses bras l'enfant, qui lui sourit en ou-

vrant les yeux et jeta ses bras autour de son cou, en lui
disant : Mon petit père, tu vas m'emmener avec toi !

— Ah oui ! toujours la même chanson ! que fai-
siez-vous là, mauvais Pierre ?

— J'attendais mon petit père à passer, dit l'enfant ; je regardais sur le chemin, et à force de regarder, je me suis endormi.

— Et si j'étais passé sans te voir, tu serais resté
toute la nuit dehors, et le loup t'aurait mangé !

— Oh ! je savais bien que tu me verrais ! répondit
Petit-Pierre avec confiance.

— Eh bien, à présent, mon Pierre, embrasse-moi,
dis-moi adieu, et retourne vite à la maison, si tu ne
veux pas qu'on soupe sans toi.

— Tu ne veux donc pas m'emmener ? s'écria le
petit en commençant à frotter ses yeux pour montrer
qu'il avait le dessein de pleurer.

— Tu sais bien que grand-père et grand'mère ne
le veulent pas, dit Germain, se retranchant derrière
l'autorité des vieux parents, comme un homme qui ne
compte guère sur la sienne propre.

Mais l'enfant n'entendit rien. Il se prit à pleurer
tout de bon, disant que puisque son père emmenait la
petite Marie, il pouvait bien l'emmener aussi. On lui
objecta qu'il fallait passer les grands bois, qu'il y avait
là beaucoup de méchantes bêtes qui mangeaient les
petits enfants, que la Grise ne voulait pas porter

trois personnes, qu'elle l'avait déclaré en partant, et que dans le pays où l'on se rendait, il n'y avait ni lit ni souper pour les marmots. Toutes ces excellentes raisons ne persuadèrent point Petit-Pierre; il se jeta sur l'herbe et s'y roula, en criant que son petit père ne l'aimait plus, et que s'il ne l'emmenait pas, il ne rentrerait point du jour ni de la nuit à la maison.

Germain avait un cœur de père aussi tendre et aussi faible que celui d'une femme. La mort de la sienne, les soins qu'il avait été forcé de rendre seul à ses petits, aussi la pensée que ces pauvres enfants sans mère avaient besoin d'être beaucoup aimés, avaient contribué à le rendre ainsi, et il se fit en lui un si rude combat, d'autant plus qu'il rougissait de sa faiblesse et s'efforçait de cacher son malaise à la petite Marie, que la sueur lui en vint au front et que ses yeux se bordèrent de rouge, prêts à pleurer aussi. Enfin il essaya de se mettre en colère; mais en se retournant vers la petite Marie, comme pour la prendre à témoin de sa fermeté d'âme, il vit que le visage de cette bonne fille était baigné de larmes, et tout son courage l'abandonnant, il lui fut impossible de retenir les siennes, bien qu'il grondât et menaçât encore.

— Vrai, vous avez le cœur trop dur, lui dit enfin la petite Marie, et, pour ma part, je ne pourrai jamais résister comme cela à un enfant qui a un si gros chagrin. Voyons, Germain, emmenez-le. Votre jument

est bien habituée à porter deux personnes et un enfant,
à preuve que votre beau-frère et sa femme, qui est
plus lourde que moi de beaucoup, vont au marché le
samedi avec leur garçon, sur le dos de cette bonne
bête. Vous le mettrez à cheval devant vous, et d'ailleurs j'aime mieux m'en aller toute seule à pied que
de faire de la peine à ce petit.

— Qu'à cela ne tienne, répondit Germain, qui
mourait d'envie de se laisser convaincre. La Grise est
forte et en porterait deux de plus, s'il y avait place
sur son échine. Mais que ferons-nous de cet enfant en
route? il aura froid, il aura faim... et qui prendra
soin de lui ce soir et demain pour le coucher, le laver
et le rhabiller? Je n'ose pas donner cet ennui-là à une
femme que je ne connais pas, et qui trouvera, sans
doute, que je suis bien sans façons avec elle pour
commencer.

— D'après l'amitié ou l'ennui qu'elle montrera,
vous la connaîtrez tout de suite, Germain, croyez-
moi; et d'ailleurs, si elle rebute votre Pierre, moi je
m'en charge. J'irai chez elle l'habiller et je l'emmène-
rai aux champs demain. Je l'amuserai toute la journée
et j'aurai soin qu'il ne manque de rien.

— Et il t'ennuiera, ma pauvre fille! Il te gênera!
toute une journée, c'est long!

— Ça me fera plaisir, au contraire, ça me tiendra
compagnie, et ça me rendra moins triste le premier

jour que j'aurai à passer dans un nouveau pays. Je
me figurerai que je suis encore chez nous.

L'enfant, voyant que la petite Marie prenait son
parti, s'était cramponné à sa jupe et la tenait si fort
qu'il eût fallu lui faire du mal pour l'en arracher.
Quand il reconnut que son père cédait, il prit la main
de Marie dans ses deux petites mains brunies par le
soleil, et l'embrassa en sautant de joie et en la tirant
vers la jument, avec cette impatience ardente que les
enfants portent dans leurs désirs.

— Allons, allons, dit la jeune fille, en le soulevant dans ses bras, tâchons d'apaiser ce pauvre cœur
qui saute comme un petit oiseau, et si tu sens le froid
quand la nuit viendra, dis-le-moi, mon Pierre, je te
serrerai dans ma cape. Embrasse ton petit père et
demande-lui pardon d'avoir fait le méchant. Dis que
ça ne t'arrivera plus, jamais ! jamais, entends-tu?

— Oui, oui, à condition que je ferai toujours sa
volonté, n'est-ce pas? dit Germain en essuyant les
yeux du petit avec son mouchoir : ah! Marie, vous me
le gâtez, ce drôle-là!... Et vraiment, tu es une trop
bonne fille, petite Marie. Je ne sais pas pourquoi tu
n'es pas entrée bergère chez nous à la Saint-Jean
dernière. Tu aurais pris soin de mes enfants, et j'aurais mieux aimé te payer un bon prix pour les servir,
que d'aller chercher une femme qui croira peut-être
me faire beaucoup de grâce en ne les détestant pas.

— Il ne faut pas voir comme ça les choses du
mauvais côté, répondit la petite Marie, en tenant la
bride du cheval pendant que Germain plaçait son fils
sur le devant du large bât garni de peau de chèvre :
si votre femme n'aime pas les enfants, vous me pren-
drez à votre service l'an prochain, et, soyez tranquille,
je les amuserai si bien qu'ils ne s'apercevront de
rien.

VII

DANS LA LANDE

AH çà, dit Germain, lorsqu'ils eurent fait quelques pas, que va-t-on penser à la maison en ne voyant pas rentrer ce petit bonhomme? Les parents vont être inquiets et le chercheront partout.

— Vous allez dire au cantonnier qui travaille là-haut sur la route, que vous l'emmenez, et vous lui recommanderez d'avertir votre monde.

— C'est vrai, Marie, tu t'avises de tout, toi! moi, je ne pensais plus que Jeannie devait être par là.

— Et justement, il demeure tout près de la métairie; il ne manquera pas de faire la commission.

Quand on eut avisé à cette précaution, Germain remit la jument au trot, et Petit-Pierre était si joyeux, qu'il ne s'aperçut pas tout de suite qu'il n'avait pas dîné; mais le mouvement du cheval lui creusant l'estomac, il se prit, au bout d'une lieue, à bâiller, à pâlir et à confesser qu'il mourait de faim.

— Voilà que ça commence, dit Germain. Je savais bien que nous n'irions pas loin sans que ce monsieur criât la faim ou la soif.

— J'ai soif aussi! dit Petit-Pierre.

— Eh bien, nous allons donc entrer dans le cabaret de la mère Rebec, à Corlay, au *Point du Jour*. Belle enseigne, mais pauvre gîte! Allons, Marie, tu boiras aussi un doigt de vin.

— Non, non, je n'ai besoin de rien, dit-elle, je tiendrai la jument pendant que vous entrerez avec le petit.

— Mais j'y songe, ma bonne fille, tu as donné ce matin le pain de ton goûter à mon Pierre, et toi tu es à jeun; tu n'as pas voulu dîner avec nous à la maison, tu ne faisais que pleurer.

— Oh! je n'avais pas faim, j'avais trop de peine! et je vous jure qu'à présent encore je ne sens aucune envie de manger.

— Il faut te forcer, petite; autrement tu seras malade. Nous avons du chemin à faire, et il ne faut pas arriver là-bas comme des affamés pour demander du pain avant de dire bonjour. Moi-même je veux te donner l'exemple, quoique je n'aie pas grand appétit; mais j'en viendrai à bout, vu que, après tout, je n'ai pas dîné non plus. Je vous voyais pleurer, toi et

E Rudaux inv. et sc.   Maison Quantin. Imp.

LA MARE AU DIABLE — Chapitre VII

ta mère, et ça me troublait le cœur. Allons, allons, je vais attacher la Grise à la porte; descends, je le veux.

Ils entrèrent tous trois chez la Rebec, et, en moins d'un quart d'heure, la grosse boiteuse réussit à leur servir une omelette de bonne mine, du pain bis et du vin clairet.

Les paysans ne mangent pas vite, et le petit Pierre avait si grand appétit qu'il se passa bien une heure avant que Germain pût songer à se remettre en route. La petite Marie avait mangé par complaisance d'abord; puis, peu à peu, la faim était venue : car à seize ans on ne peut pas faire longtemps diète, et l'air des campagnes est impérieux. Les bonnes paroles que Germain sut lui dire pour la consoler et lui faire prendre courage produisirent aussi leur effet; elle fit effort pour se persuader que sept mois seraient bientôt passés, et pour songer au bonheur qu'elle aurait de se retrouver dans sa famille et dans son hameau, puisque le père Maurice et Germain s'accordaient pour lui promettre de la prendre à leur service. Mais comme elle commençait à s'égayer et à badiner avec le petit Pierre, Germain eut la malheureuse idée de lui faire regarder, par la fenêtre du cabaret, la belle vue de la vallée qu'on voit tout entière de cette hauteur, et qui est si riante, si verte et si fertile. Marie regarda et demanda si de là on voyait les maisons de Belair.

— Sans doute, dit Germain, et la métairie, et
même ta maison. Tiens, ce petit point gris, pas loin
du grand peuplier à Godard, plus bas que le clocher.

— Ah! je la vois, dit la petite; et là-dessus elle
recommença de pleurer.

— J'ai eu tort de te faire songer à ça, dit Germain, je ne fais que des bêtises aujourd'hui! Allons,
Marie, partons, ma fille; les jours sont courts, et dans
une heure, quand la lune montera, il ne fera pas chaud.

Ils se remirent en route, traversèrent la grande
brande, et comme, pour ne pas fatiguer la jeune fille
et l'enfant par un trop grand trot, Germain ne pouvait
faire aller la Grise bien vite, le soleil était couché
quand ils quittèrent la route pour gagner les bois.

Germain connaissait le chemin jusqu'au Magnier;
mais il pensa qu'il aurait plus court en ne prenant
pas l'avenue de Chanteloube, mais en descendant par
Presles et la Sépulture, direction qu'il n'avait pas
l'habitude de prendre quand il allait à la foire. Il se
trompa et perdit encore un peu de temps avant d'entrer dans le bois; encore n'y entra-t-il point par le
bon côté, et il ne s'en aperçut pas, si bien qu'il tourna
le dos à Fourche et gagna beaucoup plus haut du
côté d'Ardentes.

Ce qui l'empêchait alors de s'orienter, c'était un
brouillard qui s'élevait avec la nuit, un de ces brouil-
lards des soirs d'automne, que la blancheur du clair

E. Rudaux inv. et sc.

Maison Quantin Imp.

LA MARE AU DIABLE — Chapitre VII.

de lune rend plus vagues et plus trompeurs encore.
Les grandes flaques d'eau dont les clairières sont
semées exhalaient des vapeurs si épaisses que, lorsque
la Grise les traversait, on ne s'en apercevait qu'au
clapotement de ses pieds et à la peine qu'elle avait à
les tirer de la vase.

Quand on eut enfin trouvé une belle allée bien
droite, et qu'arrivé au bout, Germain chercha à voir
où il était, il s'aperçut bien qu'il s'était perdu; car le
père Maurice, en lui expliquant son chemin, lui avait
dit qu'à la sortie des bois, il aurait à descendre un
bout de côte très raide, à traverser une immense
prairie et à passer deux fois la rivière à gué. Il lui
avait même recommandé d'entrer dans cette rivière
avec précaution, parce qu'au commencement de la
saison il y avait eu de grandes pluies et que l'eau
pouvait être un peu haute. Ne voyant ni descente, ni
prairie, ni rivière, mais la lande unie et blanche
comme une nappe de neige, Germain s'arrêta, chercha une maison, attendit un passant et ne trouva rien
qui pût le renseigner. Alors il revint sur ses pas et
rentra dans les bois. Mais le brouillard s'épaissit encore plus, la lune fut tout à fait voilée, les chemins
étaient affreux, les fondrières profondes. Par deux
fois, la Grise faillit s'abattre; chargée comme elle
l'était, elle perdait courage, et, si elle conservait assez
de discernement pour ne pas se heurter contre les

arbres, elle ne pouvait empêcher que ceux qui la montaient n'eussent affaire à de grosses branches, qui barraient le chemin à hauteur de leurs têtes et qui les mettaient fort en danger. Germain perdit son chapeau dans une de ces rencontres et eut grand'peine à le retrouver. Petit-Pierre s'était endormi, et, se laissant aller comme un sac, il embarrassait tellement les bras de son père, que celui-ci ne pouvait plus ni soutenir ni diriger le cheval.

— Je crois que nous sommes ensorcelés, dit Germain en s'arrêtant : car ces bois ne sont pas assez grands pour qu'on s'y perde, à moins d'être ivre, et il y a deux heures au moins que nous y tournons sans pouvoir en sortir. La Grise n'a qu'une idée en tête, c'est de s'en retourner à la maison, et c'est elle qui me fait tromper. Si nous voulons nous en aller chez nous, nous n'avons qu'à la laisser faire. Mais quand nous sommes peut-être à deux pas de l'endroit où nous devons coucher, il faudrait être fou pour y renoncer et recommencer une si longue route. Cependant, je ne sais plus que faire. Je ne vois ni ciel ni terre, et je crains que cet enfant-là ne prenne la fièvre si nous restons dans ce damné brouillard, ou qu'il ne soit écrasé par notre poids si le cheval vient à s'abattre en avant.

— Il ne faut pas nous obstiner davantage, dit la petite Marie. Descendons, Germain ; donnez-moi l'en-

F. Rudaux inv et sc.   Maison Quantin. Imp

LA MARE AU DIABLE — Chapitre VII.

fant, je le porterai fort bien, et j'empêcherai mieux
que vous que la cape, se dérangeant, ne le laisse à
découvert. Vous conduirez la jument par la bride, et
nous verrons peut-être plus clair quand nous serons
plus près de terre.

Ce moyen ne réussit qu'à les préserver d'une chute
de cheval, car le brouillard rampait et semblait se
coller à la terre humide. La marche était pénible, et
ils furent bientôt si harassés qu'ils s'arrêtèrent en ren-
contrant enfin un endroit sec sous de grands chênes.
La petite Marie était en nage, mais elle ne se plai-
gnait ni ne s'inquiétait de rien. Occupée seulement de
l'enfant, elle s'assit sur le sable et le coucha sur ses
genoux, tandis que Germain explorait les environs,
après avoir passé les rênes de la Grise dans une
branche d'arbre.

Mais la Grise, qui s'ennuyait fort de ce voyage,
donna un coup de reins, dégagea les rênes, rompit les
sangles, et lâchant, par manière d'acquit, une demi-
douzaine de ruades plus haut que sa tête, partit à travers les taillis, montrant fort bien qu'elle n'avait
besoin de personne pour retrouver son chemin.

— Çà, dit Germain, après avoir vainement cher-
ché à la rattraper, nous voici à pied, et rien ne nous
servirait de nous trouver dans le bon chemin, car il
nous faudrait traverser la rivière à pied; et à voir
comme ces routes sont pleines d'eau, nous pouvons

être sûrs que la prairie est sous la rivière. Nous ne connaissons pas les autres passages. Il nous faut donc attendre que ce brouillard se dissipe; ça ne peut pas durer plus d'une heure ou deux. Quand nous verrons clair, nous chercherons une maison, la première venue à la lisière du bois; mais à présent nous ne pouvons sortir d'ici; il y a là une fosse, un étang, je ne sais quoi devant nous; et derrière, je ne saurais pas non plus dire ce qu'il y a, car je ne comprends plus par quel côté nous sommes arrivés.

VIII

SOUS LES GRANDS CHÊNES

E H bien, prenons patience, Germain, dit la petite Marie. Nous ne sommes pas mal sur cette petite hauteur. La pluie ne perce pas la feuillée de ces gros chênes, et nous pouvons allumer du feu, car je sens de vieilles souches qui ne tiennent à rien et qui sont assez sèches pour flamber. Vous avez bien du feu, Germain? Vous fumiez votre pipe tantôt.

— J'en avais. Mon briquet était sur le bât dans mon sac, avec le gibier que je portais à ma future; mais la maudite jument a tout emporté, même mon manteau, qu'elle va perdre et déchirer à toutes les branches.

— Non pas, Germain, la bâtine, le manteau, le sac, tout est là par terre, à vos pieds. La Grise a cassé les sangles et tout jeté à côté d'elle en partant.

— C'est, vrai Dieu, certain! dit le laboureur; et si

8

nous pouvons trouver un peu de bois mort à tâtons, nous réussirons à nous sécher et à nous réchauffer.

— Ce n'est pas difficile, dit la petite Marie, le bois mort craque partout sous les pieds; mais donnez-moi d'abord ici la bâtine.

— Qu'en veux-tu faire?

— Un lit pour le petit : non, pas comme ça, à l'envers; il ne roulera pas dans la ruelle; et c'est encore tout chaud du dos de la bête. Calez-moi ça de chaque côté avec ces pierres que vous voyez là.

— Je ne les vois pas, moi! Tu as donc des yeux de chat!

— Tenez! voilà qui est fait, Germain! Donnez-moi votre manteau, que j'enveloppe ses petits pieds, et ma cape par-dessus son corps. Voyez! s'il n'est pas couché là aussi bien que dans son lit! et tâtez-le comme il a chaud!

— C'est vrai! tu t'entends à soigner les enfants, Marie !

— Ce n'est pas bien sorcier. A présent, cherchez votre briquet dans votre sac, et je vais arranger le bois.

— Ce bois ne prendra jamais, il est trop humide.

— Vous doutez de tout, Germain! vous ne vous souvenez donc pas d'avoir été pâtour et d'avoir fait de grands feux aux champs, au beau milieu de la pluie?

— Oui, c'est le talent des enfants qui gardent les bêtes; mais moi j'ai été toucheur de bœufs aussitôt que j'ai su marcher.

— C'est pour cela que vous êtes plus fort de vos bras qu'adroit de vos mains. Le voilà bâti, ce bûcher; vous allez voir s'il ne flambera pas! Donnez-moi le feu et une poignée de fougère sèche. C'est bien! soufflez à présent; vous n'êtes pas poumonique?

— Non pas que je sache, dit Germain en soufflant comme un soufflet de forge. Au bout d'un instant, la flamme brilla, jeta d'abord une lumière rouge et finit par s'élever en jets bleuâtres sous le feuillage des chênes, luttant contre la brume et séchant peu à peu l'atmosphère à dix pieds à la ronde.

— Maintenant, je vais m'asseoir auprès du petit pour qu'il ne lui tombe pas d'étincelles sur le corps, dit la jeune fille. Vous, mettez du bois et animez le feu, Germain! nous n'attraperons ici ni fièvre ni rhume, je vous en réponds.

— Ma foi, tu es une fille d'esprit, dit Germain, et tu sais faire le feu comme une petite sorcière de nuit. Je me sens tout ranimé, et le cœur me revient; car avec les jambes mouillées jusqu'aux genoux, et l'idée de rester comme cela jusqu'au point du jour, j'étais de fort mauvaise humeur tout à l'heure.

— Et quand on est de mauvaise humeur, on ne s'avise de rien, reprit la petite Marie.

— Et tu n'es donc jamais de mauvaise humeur, toi?

— Eh non! jamais. A quoi bon?

— Oh! ce n'est bon à rien, certainement; mais le moyen de s'en empêcher, quand on a des ennuis! Dieu sait que tu n'en as pas manqué, toi, pourtant, ma pauvre petite : car tu n'as pas toujours été heureuse!

— C'est vrai, nous avons souffert, ma pauvre mère et moi. Nous avions du chagrin, mais nous ne perdions jamais courage.

— Je ne perdrais pas courage pour quelque ouvrage que ce fût, dit Germain; mais la misère me fâcherait, car je n'ai jamais manqué de rien. Ma femme m'avait fait riche et je le suis encore; je le serai tant que je travaillerai à la métairie : ce sera toujours, j'espère; mais chacun doit avoir sa peine! j'ai souffert autrement.

— Oui, vous avez perdu votre femme, et c'est grand'pitié!

— N'est-ce pas?

— Oh! je l'ai bien pleurée, allez, Germain! car elle était si bonne! Tenez, n'en parlons plus; car je la pleurerais encore, tous mes chagrins sont en train de me revenir aujourd'hui.

— C'est vrai qu'elle t'aimait beaucoup, petite Marie; elle faisait grand cas de toi et de ta mère. Allons! tu pleures! Voyons, ma fille, je ne veux pas pleurer, moi...

— Vous pleurez, pourtant, Germain ! Vous pleurez aussi ! Quelle honte y a-t-il pour un homme à pleurer sa femme ? Ne vous gênez pas, allez ! je suis bien de moitié avec vous dans cette peine-là !

— Tu as un bon cœur, Marie, et ça me fait du bien de pleurer avec toi. Mais approche donc tes pieds du feu ; tu as tes jupes toutes mouillées aussi, pauvre petite fille ! Tiens, je vas prendre ta place auprès du petit, chauffe-toi mieux que ça.

— J'ai assez chaud, dit Marie ; et si vous voulez vous asseoir, prenez un coin du manteau ; moi, je suis très bien.

— Le fait est qu'on n'est pas mal ici, dit Germain en s'asseyant tout auprès d'elle. Il n'y a que la faim qui me tourmente un peu. Il est bien neuf heures du soir, et j'ai eu tant de peine à marcher dans ces mauvais chemins, que je me sens tout affaibli. Est-ce que tu n'as pas faim, aussi, toi, Marie ?

— Moi ? pas du tout. Je ne suis pas habituée, comme vous, à faire quatre repas, et j'ai été tant de fois me coucher sans souper, qu'une fois de plus ne m'étonne guère.

— Eh bien, c'est commode une femme comme toi ; ça ne fait pas de dépense, dit Germain en souriant.

— Je ne suis pas une femme, dit naïvement Marie, sans s'apercevoir de la tournure que prenaient les idées du laboureur. Est-ce que vous rêvez ?

— Oui, je crois que je rêve, répondit Germain; c'est la faim qui me fait divaguer peut-être!

— Que vous êtes donc gourmand! reprit-elle en s'égayant un peu à son tour; eh bien, si vous ne pouvez pas vivre cinq ou six heures sans manger, est-ce que vous n'avez pas là du gibier dans votre sac, et du feu pour le faire cuire?

— Diantre! c'est une bonne idée! mais le présent à mon futur beau-père?

— Vous avez six perdrix et un lièvre! Je pense qu'il ne vous faut pas tout cela pour vous rassasier?

— Mais faire cuire cela ici, sans broche et sans landiers, ça deviendra du charbon!

— Non pas, dit la petite Marie; je me charge de vous le faire cuire sous la cendre sans goût de fumée. Est-ce que vous n'avez jamais attrapé d'alouettes dans les champs et que vous ne les avez pas fait cuire entre deux pierres? Ah! c'est vrai! j'oublie que vous n'avez pas été pastour! Voyons, plumez cette perdrix! Pas si fort! vous lui arrachez la peau!

— Tu pourrais bien plumer l'autre pour me montrer!

— Vous voulez donc en manger deux? Quel ogre! Allons, les voilà plumées, je vais les cuire.

— Tu ferais une parfaite cantinière, petite Marie; mais, par malheur, tu n'as pas de cantine, et je serai réduit à boire l'eau de cette mare.

— Vous voudriez du vin, pas vrai? Il vous faudrait peut-être du café? vous vous croyez à la foire sous la ramée! Appelez l'aubergiste : de la liqueur au fin laboureur de Belair!

— Ah! petite méchante, vous vous moquez de moi? Vous ne boiriez pas du vin, vous, si vous en aviez?

— Moi? j'en ai bu ce soir avec vous chez la Rebec, pour la seconde fois de ma vie; mais si vous êtes bien sage, je vais vous en donner une bouteille quasi pleine, et du bon encore!

— Comment, Marie, tu es donc sorcière, décidément?

— Est-ce que vous n'avez pas fait la folie de demander deux bouteilles de vin à la Rebec? Vous en avez bu une avec votre petit, et j'ai à peine avalé trois gouttes de celle que vous aviez mise devant moi. Cependant vous les avez payées toutes les deux sans y regarder.

— Eh bien?

— Eh bien, j'ai mis dans mon panier celle qui n'avait pas été bue, parce que j'ai pensé que vous ou votre petit auriez soif en route; et la voilà.

— Tu es la fille la plus avisée que j'aie jamais rencontrée. Voyez! elle pleurait pourtant, cette pauvre enfant, en sortant de l'auberge! ça ne l'a pas empêchée de penser aux autres plus qu'à elle-même. Petite Marie, l'homme qui t'épousera ne sera pas sot.

— Je l'espère, car je n'aimerais pas un sot.
Allons, mangez vos perdrix, elles sont cuites à point;
et, faute de pain, vous vous contenterez de châtaignes.

— Et où diable as-tu pris aussi des châtaignes?

— C'est bien étonnant! tout le long du chemin,
j'en ai pris aux branches en passant, et j'en ai rempli
mes poches.

— Et elles sont cuites aussi?

— A quoi donc aurais-je eu l'esprit si je ne les
avais pas mises dans le feu dès qu'il a été allumé! Ça
se fait toujours, aux champs.

— Ah çà, petite Marie, nous allons souper
ensemble! je veux boire à ta santé et te souhaiter un
bon mari... là, comme tu le souhaiterais toi-même.
Dis-moi un peu cela!

— J'en serais fort empêchée, Germain, car je n'y
ai pas encore songé.

— Comment, pas du tout? jamais? dit Germain, en
commençant à manger avec un appétit de laboureur,
mais coupant les meilleurs morceaux pour les offrir à
sa compagne, qui refusa obstinément et se contenta
de quelques châtaignes. Dis-moi donc, petite Marie,
reprit-il, voyant qu'elle ne songeait pas à lui répondre,
tu n'as pas encore eu l'idée du mariage? tu es en âge,
pourtant!

— Peut-être, dit-elle; mais je suis trop pauvre.
Il faut au moins cent écus pour entrer en ménage, et

je dois travailler cinq ou six ans pour les amasser.

— Pauvre fille! je voudrais que le père Maurice voulût bien me donner cent écus pour t'en faire cadeau.

— Grand merci, Germain. Eh bien! qu'est-ce qu'on dirait de moi?

— Que veux-tu qu'on dise? on sait bien que je suis vieux et que je ne peux pas t'épouser. Alors on ne supposerait pas que je... que tu...

— Dites donc, laboureur! voilà votre enfant qui se réveille, dit la petite Marie.

———————

IX

PETIT-PIERRE s'était soulevé et regardait autour de lui d'un air tout pensif.

— Ah! il n'en fait jamais d'autre quand il entend manger, celui-là! dit Germain : le bruit du canon ne le réveillerait pas; mais quand on remue les mâchoires auprès de lui, il ouvre les yeux tout de suite.

— Vous avez dû être comme ça à son âge, dit la petite Marie avec un sourire malin. Allons, mon petit Pierre, tu cherches ton ciel de lit? Il est fait de verdure, ce soir, mon enfant; mais ton père n'en soupe pas moins. Veux-tu souper avec lui? Je n'ai pas mangé ta part; je me doutais bien que tu la réclamerais!

— Marie, je veux que tu manges, s'écria le laboureur, je ne mangerai plus. Je suis un vorace, un grossier; toi, tu te prives pour nous, ce n'est pas juste;

j'en ai honte. Tiens, ça m'ôte la faim; je ne veux pas
que mon fils soupe, si tu ne soupes pas.

— Laissez-nous tranquilles, répondit la petite
Marie, vous n'avez pas la clef de nos appétits. Le mien
est fermé aujourd'hui, mais celui de votre Pierre est
ouvert comme celui d'un petit loup. Tenez, voyez
comme il s'y prend! Oh! ce sera aussi un rude laboureur!

En effet, Petit-Pierre montra bientôt de qui il
était fils, et à peine éveillé, ne comprenant ni où il
était ni comment il y était venu, il se mit à dévorer.
Puis, quand il n'eut plus faim, se trouvant excité
comme il arrive aux enfants qui rompent leurs habitudes, il eut plus d'esprit, plus de curiosité et plus de
raisonnement qu'à l'ordinaire. Il se fit expliquer où il
était, et quand il sut que c'était au milieu d'un bois, il
eut un peu peur.

— Y a-t-il des méchantes bêtes dans ce bois?
demanda-t-il à son père.

— Non, fit le père, il n'y en a point. Ne crains
rien.

— Tu as donc menti quand tu m'as dit que si
j'allais avec toi dans les grands bois les loups m'em-
porteraient?

— Voyez-vous ce raisonneur? dit Germain embarrassé.

— Il a raison, reprit la petite Marie, vous lui avez

dit cela : il a bonne mémoire, il s'en souvient. Mais apprends, mon petit Pierre, que ton père ne ment jamais. Nous avons passé les grands bois pendant que tu dormais, et nous sommes à présent dans les petits bois, où il n'y a pas de méchantes bêtes.

— Les petits bois sont-ils bien loin des grands?

— Assez loin; d'ailleurs, les loups ne sortent pas des grands bois. Et puis, s'il en venait ici, ton père les tuerait.

— Et toi aussi, petite Marie?

— Et nous aussi, car tu nous aiderais bien, mon Pierre? Tu n'as pas peur, toi? Tu taperais bien dessus!

— Oui, oui, dit l'enfant enorgueilli, en prenant une pose héroïque, nous les tuerions!

— Il n'y a personne comme toi pour parler aux enfants, dit Germain à la petite Marie, et pour leur faire entendre raison. Il est vrai qu'il n'y a pas long-temps que tu étais toi-même un petit enfant, et tu te souviens de ce que te disait ta mère. Je crois bien que plus on est jeune, mieux on s'entend avec ceux qui le sont. J'ai grand'peur qu'une femme de trente ans, qui ne sait pas encore ce que c'est que d'être mère, n'apprenne avec peine à babiller et à rai-sonner avec des marmots.

— Pourquoi donc pas, Germain? Je ne sais pour-quoi vous avez une mauvaise idée touchant cette femme; vous en reviendrez!

— Au diable la femme! dit Germain. Je voudrais
en être revenu pour n'y plus retourner. Qu'ai-je besoin
d'une femme que je ne connais pas?

— Mon petit père, dit l'enfant, pourquoi donc
est-ce que tu parles toujours de ta femme aujourd'hui,
puisqu'elle est morte?...

— Hélas! tu ne l'as donc pas oubliée, toi, ta
pauvre chère mère?

— Non, puisque je l'ai vu mettre dans une belle
boîte de bois blanc, et que ma grand'mère m'a conduit
auprès pour l'embrasser et lui dire adieu!... Elle était
toute blanche et toute froide, et tous les soirs ma
tante me fait prier le bon Dieu pour qu'elle aille se
réchauffer avec lui dans le ciel. Crois-tu qu'elle y soit,
à présent?

— Je l'espère, mon enfant; mais il faut toujours
prier, ça fait voir à ta mère que tu l'aimes.

— Je vas dire ma prière, reprit l'enfant; je n'ai pas
pensé à la dire ce soir. Mais je ne peux pas la dire tout
seul; j'en oublie toujours un peu. Il faut que la petite
Marie m'aide.

— Oui, mon Pierre, je vas t'aider, dit la jeune
fille. Viens, là, te mettre à genoux sur moi.

L'enfant s'agenouilla sur la jupe de la jeune fille,
joignit ses petites mains et se mit à réciter sa prière,
d'abord avec attention et ferveur, car il savait très
bien le commencement; puis avec plus de lenteur et

F. Rudaux inv et sc.

Maison Quantin Imp.

LA MARE AU DIABLE — Chapitre IX

d'hésitation, et enfin répétant mot à mot ce que lui dictait la petite Marie, lorsqu'il arriva à cet endroit de son oraison, où, le sommeil le gagnant chaque soir, il n'avait jamais pu l'apprendre jusqu'au bout. Cette fois encore, le travail de l'attention et la monotonie de son propre accent produisirent leur effet accoutumé, il ne prononça plus qu'avec effort les dernières syllabes, et encore après se les être fait répéter trois fois; sa tête s'appesantit et se pencha sur la poitrine de Marie : ses mains se détendirent, se séparèrent et retombèrent ouvertes sur ses genoux. A la lueur du feu du bivouac, Germain regarda son petit ange assoupi sur le cœur de la jeune fille, qui, le soutenant dans ses bras et réchauffant ses cheveux blonds de sa pure haleine, s'était laissée aller aussi à une rêverie pieuse et priait mentalement pour l'âme de Catherine.

Germain fut attendri, chercha ce qu'il pourrait dire à la petite Marie pour lui exprimer ce qu'elle lui inspirait d'estime et de reconnaissance, mais ne trouva rien qui pût rendre sa pensée. Il s'approcha d'elle pour embrasser son fils qu'elle tenait toujours pressé contre son sein, et il eut peine à détacher ses lèvres du front du petit Pierre.

— Vous l'embrassez trop fort, lui dit Marie en repoussant doucement la tête du laboureur, vous allez le réveiller. Laissez-moi le recoucher, puisque le voilà reparti pour les rêves du paradis.

L'enfant se laissa coucher, mais en s'étendant sur la peau de chèvre du bât, il demanda s'il était sur la Grise. Puis, ouvrant ses grands yeux bleus et les tenant fixés vers les branches pendant une minute, il parut rêver tout éveillé, ou être frappé d'une idée qui avait glissé dans son esprit durant le jour, et qui s'y formulait à l'approche du sommeil. « Mon petit père, dit-il, si tu veux me donner une autre mère, je veux que ce soit la petite Marie. »

Et, sans attendre de réponse, il ferma les yeux et s'endormit.

X

MALGRÉ LE FROID

L A petite Marie ne parut pas faire d'autre attention aux paroles bizarres de l'enfant que de les regarder comme une preuve d'amitié; elle l'enveloppa avec soin, ranima le feu, et, comme le brouillard endormi sur la mare voisine ne paraissait nullement près de s'éclaircir, elle conseilla à Germain de s'arranger auprès du feu pour faire un somme.

— Je vois que cela vous vient déjà, lui dit-elle, car vous ne dites plus mot et vous regardez la braise comme votre petit faisait tout à l'heure. Allons, dormez, je veillerai à l'enfant et à vous.

— C'est toi qui dormiras, répondit le laboureur, et moi je vous garderai tous les deux, car jamais je n'ai eu moins envie de dormir; j'ai cinquante idées dans la tête.

— Cinquante, c'est beaucoup, dit la fillette avec

10

une intention un peu moqueuse; il y a tant de gens
qui seraient heureux d'en avoir une!

— Eh bien, si je ne suis pas capable d'en avoir
cinquante, j'en ai du moins une qui ne me lâche pas
depuis une heure.

— Et je vas vous la dire, ainsi que celles que vous
aviez auparavant.

— Eh bien! oui, dis-la si tu la devines, Marie;
dis-la-moi toi-même, ça me fera plaisir.

— Il y a une heure, reprit-elle, vous aviez l'idée
de manger... et à présent vous avez l'idée de dormir.

— Marie, je ne suis qu'un bouvier, mais vraiment
tu me prends pour un bœuf. Tu es une méchante fille,
et je vois bien que tu ne veux point causer avec moi.
Dors donc, cela vaudra mieux que de critiquer un
homme qui n'est pas gai.

— Si vous voulez causer, causons, dit la petite
fille en se couchant à demi auprès de l'enfant et en
appuyant sa tête contre le bât. Vous êtes en train de
vous tourmenter, Germain, et en cela vous ne montrez
pas beaucoup de courage pour un homme. Que ne
dirais-je pas, moi, si je ne me défendais pas de mon
mieux contre mon propre chagrin?

— Oui, sans doute, et c'est là justement ce qui
m'occupe, ma pauvre enfant! Tu vas vivre loin de tes
parents et dans un vilain pays de landes et de maré-
cages, où tu attraperas les fièvres d'automne, où les

bêtes à laine ne profitent pas, ce qui chagrine toujours une bergère qui a bonne intention; enfin tu seras au milieu d'étrangers qui ne seront peut-être pas bons pour toi, qui ne comprendront pas ce que tu vaux. Tiens, ça me fait plus de peine que je ne peux te le dire, et j'ai envie de te ramener chez ta mère au lieu d'aller à Fourche.

— Vous parlez avec beaucoup de bonté, mais sans raison, mon pauvre Germain; on ne doit pas être lâche pour ses amis, et au lieu de me montrer le mauvais côté de mon sort, vous devriez m'en montrer le bon, comme vous faisiez quand nous avons goûté chez la Rebec.

— Que veux-tu! ça me paraissait ainsi dans ce moment-là, et à présent ça me paraît autrement. Tu ferais mieux de trouver un mari.

— Ça ne se peut pas, Germain, je vous l'ai dit; et comme ça ne se peut pas, je n'y pense pas.

— Mais enfin si ça se trouvait? Peut-être que si tu voulais me dire comme tu souhaiterais qu'il fût, je parviendrais à imaginer quelqu'un.

— Imaginer n'est pas trouver. Moi, je n'imagine rien, puisque c'est inutile.

— Tu n'aurais pas l'idée de trouver un riche?

— Non, bien sûr, puisque je suis pauvre comme Job.

— Mais s'il était à son aise, ça ne te ferait pas de

peine d'être bien logée, bien nourrie, bien vêtue et dans une famille de braves gens qui te permettrait d'assister ta mère ?

— Oh ! pour cela, oui ! assister ma mère est tout mon souhait.

— Et si cela se rencontrait, quand même l'homme ne serait pas de la première jeunesse, tu ne ferais pas trop la difficile ?

— Ah ! pardonnez-moi, Germain. C'est justement la chose à laquelle je tiendrais. Je n'aimerais pas un vieux.

— Un vieux, sans doute ; mais, par exemple, un homme de mon âge ?

— Votre âge est vieux pour moi, Germain ; j'aimerais l'âge de Bastien, quoique Bastien ne soit pas si joli homme que vous.

— Tu aimerais mieux Bastien le porcher ? dit Germain avec humeur. Un garçon qui a les yeux faits comme les bêtes qu'il mène ?

— Je passerais par-dessus ses yeux, à cause de ses dix-huit ans.

Germain se sentit horriblement jaloux. — Allons, dit-il, je vois que tu en tiens pour Bastien. C'est une drôle d'idée, pas moins !

— Oui, ce serait une drôle d'idée, répondit la petite Marie en riant aux éclats, et ça ferait un drôle de mari. On lui ferait accroire tout ce qu'on voudrait.

Par exemple, l'autre jour, j'avais ramassé une tomate dans le jardin à M. le curé; je lui ai dit que c'était une belle pomme rouge, et il a mordu dedans comme un goulu. Si vous aviez vu quelle grimace! Mon Dieu, qu'il était vilain!

— Tu ne l'aimes donc pas, puisque tu te moques de lui?

— Ce ne serait pas une raison. Mais je ne l'aime pas : il est brutal avec sa petite sœur, et il est malpropre.

— Eh bien! tu ne te sens pas portée pour quelque autre?

— Qu'est-ce que ça vous fait, Germain?

— Ça ne me fait rien, c'est pour parler. Je vois, petite fille, que tu as déjà un galant dans la tête.

— Non, Germain, vous vous trompez, je n'en ai pas encore; ça pourra venir plus tard : mais puisque je ne me marierai que quand j'aurai un peu amassé, je suis destinée à me marier tard et avec un vieux.

— Eh bien, prends-en un vieux tout de suite.

— Non pas! quand je ne serai plus jeune, ça me sera égal; à présent, ce serait différent.

— Je vois bien, Marie, que je te déplais : c'est assez clair, dit Germain avec dépit, et sans peser ses paroles.

La petite Marie ne répondit pas. Germain se pencha vers elle : elle dormait; elle était tombée vaincue et comme foudroyée par le sommeil, comme font les enfants qui dorment déjà lorsqu'ils babillent encore.

Germain fut content qu'elle n'eût pas fait attention à ses dernières paroles ; il reconnut qu'elles
n'étaient point sages, et il lui tourna le dos pour se
distraire et changer de pensée.

Mais il eut beau faire, il ne put s'endormir, ni
songer à autre chose qu'à ce qu'il venait de dire. Il
tourna vingt fois autour du feu, il s'éloigna, il revint ;
enfin, se sentant aussi agité que s'il eût avalé de la
poudre à canon, il s'appuya contre l'arbre qui abritait
les deux enfants et les regarda dormir.

— Je ne sais pas comment je ne m'étais jamais
aperçu, pensait-il, que cette petite Marie est la plus
jolie fille du pays !... Elle n'a pas beaucoup de cou-
leur, mais elle a un petit visage frais comme une rose
de buissons ! Quelle gentille bouche et quel mignon
petit nez !... Elle n'est pas grande pour son âge, mais
elle est faite comme une petite caille et légère comme
un petit pinson !... Je ne sais pas pourquoi on fait tant
de cas chez nous d'une grande et grosse femme bien
vermeille... La mienne était plutôt mince et pâle, et
elle me plaisait par-dessus tout... Celle-ci est toute
délicate, mais elle ne s'en porte pas plus mal, et elle
est jolie à voir comme un chevreau blanc !.... Et puis,
quel air doux et honnête ! comme on lit son bon cœur
dans ses yeux, même lorsqu'ils sont fermés pour dormir !... Quant à de l'esprit, elle en a plus que ma

chère Catherine n'en avait, il faut en convenir, et on
ne s'ennuierait pas avec elle... C'est gai, c'est sage,
c'est laborieux, c'est aimant, et c'est drôle. Je ne vois
pas ce qu'on pourrait souhaiter de mieux...

Mais qu'ai-je à m'occuper de tout cela? reprenait
Germain, en tâchant de regarder d'un autre côté. Mon
beau-père ne voudrait pas en entendre parler, et toute
la famille me traiterait de fou! D'ailleurs, elle-même
ne voudrait pas de moi, la pauvre enfant!... Elle me
trouve trop vieux : elle me l'a dit... Elle n'est pas
intéressée, elle se soucie peu d'avoir encore de la
misère et de la peine, de porter de pauvres habits, et
de souffrir de la faim pendant deux ou trois mois de
l'année, pourvu qu'elle contente son cœur un jour, et
qu'elle puisse se donner à un mari qui lui plaira... elle
a raison, elle! je ferais de même à sa place... et, dès
à présent, si je pouvais suivre ma volonté, au lieu de
m'embarquer dans un mariage qui ne me sourit pas,
je choisirais une fille à mon gré...

Plus Germain cherchait à raisonner et à se calmer,
moins il en venait à bout. Il s'en allait à vingt pas de
là, se perdre dans le brouillard; et puis, tout d'un
coup, il se retrouvait à genoux à côté des deux enfants
endormis. Une fois même il voulut embrasser Petit-
Pierre, qui avait un bras passé autour du cou de Marie,
et il se trompa si bien que Marie, sentant une haleine
chaude comme le feu courir sur ses lèvres, se réveilla

et le regarda d'un air tout effaré, ne comprenant rien
du tout à ce qui se passait en lui.

— Je ne vous voyais pas, mes pauvres enfants!
dit Germain en se retirant bien vite. J'ai failli tomber
sur vous et vous faire du mal.

La petite Marie eut la candeur de le croire et se
rendormit. Germain passa de l'autre côté du feu et
jura à Dieu qu'il n'en bougerait jusqu'à ce qu'elle fût
réveillée. Il tint parole, mais ce ne fut pas sans peine.
Il crut qu'il en deviendrait fou.

Enfin, vers minuit, le brouillard se dissipa, et
Germain put voir les étoiles briller à travers les
arbres. La lune se dégagea aussi des vapeurs qui la
couvraient et commença à semer des diamants sur la
mousse humide. Le tronc des chênes restait dans une
majestueuse obscurité; mais, un peu plus loin, les
tiges blanches des bouleaux semblaient une rangée
de fantômes dans leurs suaires. Le feu se reflétait dans
la mare; et les grenouilles, commençant à s'y habituer, hasardaient quelques notes grêles et timides;
les branches anguleuses des vieux arbres, hérissées de
pâles lichens, s'étendaient et s'entre-croisaient comme
de grands bras décharnés sur la tête de nos voyageurs; c'était un bel endroit, mais si désert et si triste,
que Germain, las d'y souffrir, se mit à chanter et à
jeter des pierres dans l'eau pour s'étourdir sur l'ennui
effrayant de la solitude. Il désirait aussi éveiller la

petite Marie; et lorsqu'il vit qu'elle se levait et regardait le temps, il lui proposa de se remettre en route.

— Dans deux heures, lui dit-il, l'approche du jour rendra l'air si froid, que nous ne pourrons plus y tenir, malgré notre feu... A présent, on voit à se conduire, et nous trouverons bien une maison qui nous ouvrira, ou du moins quelque grange où nous pourrons passer à couvert le reste de la nuit.

Marie n'avait pas de volonté; et quoiqu'elle eût encore grande envie de dormir, elle se disposa à suivre Germain.

Celui-ci prit son fils dans ses bras sans le réveiller et voulut que Marie s'approchât de lui pour se cacher dans son manteau, puisqu'elle ne voulait pas reprendre sa cape roulée autour du petit Pierre.

Quand il sentit la jeune fille si près de lui, Germain, qui s'était distrait et égayé un instant, recommença à perdre la tête. Deux ou trois fois il s'éloigna brusquement et la laissa marcher seule. Puis, voyant qu'elle avait peine à le suivre, il l'attendait, l'attirait vivement près de lui, et la pressait si fort, qu'elle en était étonnée et même fâchée sans oser le dire.

Comme ils ne savaient point du tout de quelle direction ils étaient partis, ils ne savaient pas celle qu'ils suivaient; si bien qu'ils remontèrent encore une fois tout le bois, se retrouvèrent de nouveau en face de la lande déserte, revinrent sur leurs pas, et, après avoir tourné et marché longtemps, ils aperçurent de la clarté à travers les branches.

— Bon! voici une maison, dit Germain, et des gens déjà éveillés, puisque le feu est allumé. Il est donc bien tard?

Mais ce n'était pas une maison : c'était le feu de bivouac qu'ils avaient couvert en partant, et qui s'était rallumé à la brise...

Ils avaient marché pendant deux heures pour se retrouver au point de départ.

XI

A LA BELLE ÉTOILE

Pour le coup, j'y renonce! dit Germain en frappant du pied. On nous a jeté un sort, c'est bien sûr, et nous ne sortirons d'ici qu'au grand jour. Il faut que cet endroit soit endiablé.

— Allons, allons, ne nous fâchons pas, dit Marie, et prenons-en notre parti. Nous ferons un plus grand feu, l'enfant est si bien enveloppé qu'il ne risque rien, et pour passer une nuit dehors nous n'en mourrons point. Où avez-vous caché la bâtine, Germain? Au milieu des grands houx, grand étourdi! C'est commode pour aller la reprendre!

— Tiens l'enfant, prends-le, que je retire son lit des broussailles; je ne veux pas que tu te piques les mains.

— C'est fait, voici le lit, et quelques piqûres ne sont pas des coups de sabre, reprit la brave petite fille.

Elle procéda de nouveau au coucher du petit Pierre,
qui était si bien endormi cette fois qu'il ne s'aperçut
en rien de ce nouveau voyage. Germain mit tant de
bois au feu que toute la forêt en resplendit à la ronde ;
mais la petite Marie n'en pouvait plus, et quoiqu'elle
ne se plaignît de rien, elle ne se soutenait plus sur ses
jambes. Elle était pâle et ses dents claquaient de froid
et de faiblesse. Germain la prit dans ses bras pour la
réchauffer ; et l'inquiétude, la compassion, des mou-
vements de tendresse irrésistible s'emparant de son
cœur, firent taire ses sens. Sa langue se délia comme
par miracle, et toute honte cessant :

— Marie, lui dit-il, tu me plais, et je suis bien
malheureux de ne pas te plaire. Si tu voulais m'accepter pour ton mari, il n'y aurait ni beau-père, ni parents, ni voisins, ni conseils qui pussent m'empêcher
de me donner à toi. Je sais que tu rendrais mes enfants
heureux, que tu leur apprendrais à respecter le souvenir de leur mère, et, ma conscience étant en repos,
je pourrais contenter mon cœur. J'ai toujours eu de
l'amitié pour toi, et à présent je me sens si amoureux que si tu me demandais de faire toute ma vie
tes mille volontés, je te le jurerais sur l'heure. Vois,
je t'en prie, comme je t'aime, et tâche d'oublier mon
âge. Pense que c'est une fausse idée qu'on se fait
quand on croit qu'un homme de trente ans est vieux.
D'ailleurs, je n'ai que vingt-huit ans ! une jeune fille

craint de se faire critiquer en prenant un homme qui
a dix ou douze ans de plus qu'elle, parce que ce n'est
pas la coutume du pays ; mais j'ai entendu dire que
dans d'autres pays on ne regardait point à cela ; qu'au
contraire on aimait mieux donner pour soutien, à une
jeunesse, un homme raisonnable et d'un courage bien
éprouvé qu'un jeune gars qui peut se déranger, et, de
bon sujet qu'on le croyait, devenir un mauvais garnement. D'ailleurs, les années ne font pas toujours l'âge.
Cela dépend de la force et de la santé qu'on a. Quand
un homme est usé par trop de travail et de misère
ou par la mauvaise conduite, il est vieux avant vingt-
cinq ans. Au lieu que moi... Mais tu ne m'écoutes
pas, Marie.

— Si fait, Germain, je vous entends bien, répondit la petite Marie ; mais je songe à ce que m'a toujours
dit ma mère : c'est qu'une femme de soixante ans est
bien à plaindre quand son mari en a soixante-dix ou
soixante-quinze et qu'il ne peut plus travailler pour
la nourrir. Il devient infirme, et il faut qu'elle le soigne
à l'âge où elle commencerait elle-même à avoir grand
besoin de ménagement et de repos. C'est ainsi qu'on
arrive à finir sur la paille.

— Les parents ont raison de dire cela, j'en con-
viens, Marie, reprit Germain ; mais enfin ils sacrifie-
raient tout le temps de la jeunesse, qui est le meilleur,
à prévoir ce qu'on deviendra à l'âge où l'on n'est plus

bon à rien, et où il est indifférent de finir d'une manière ou d'une autre. Mais, moi, je ne suis pas dans
le danger de mourir de faim sur mes vieux jours. Je
suis à même d'amasser quelque chose, puisque, vivant
avec les parents de ma femme, je travaille beaucoup
et ne dépense rien. D'ailleurs, je t'aimerai tant, vois-tu,
que ça m'empêchera de vieillir. On dit que quand un
homme est heureux, il se conserve, et je sens bien que
je suis plus jeune que Bastien pour t'aimer; car il ne
t'aime pas, lui, il est trop bête, trop enfant pour comprendre comme tu es jolie et bonne, et faite pour être
recherchée. Allons, Marie, ne me déteste pas, je ne
suis pas un méchant homme : j'ai rendu ma Catherine
heureuse, elle a dit devant Dieu à son lit de mort
qu'elle n'avait jamais eu de moi que du contentement,
et elle m'a recommandé de me remarier. Il semble
que son esprit ait parlé ce soir à son enfant, au moment où il s'est endormi. Est-ce que tu n'as pas entendu
ce qu'il disait? et comme sa petite bouche tremblait,
pendant que ses yeux regardaient en l'air quelque
chose que nous ne pouvions pas voir! Il voyait sa
mère, sois-en sûre, et c'était elle qui lui faisait dire
qu'il te voulait pour la remplacer.

— Germain, répondit Marie, tout étonnée et toute
pensive, vous parlez honnêtement et tout ce que vous
dites est vrai. Je suis sûre que je ferais bien de vous
aimer, si ça ne mécontentait pas trop vos parents;

mais que voulez-vous que j'y fasse? le cœur ne m'en dit pas pour vous. Je vous aime bien; mais quoique votre âge ne vous enlaidisse pas, il me fait peur. Il me semble que vous êtes quelque chose pour moi, comme un oncle ou un parrain; que je vous dois le respect, et que vous auriez des moments où vous me traiteriez comme une petite fille plutôt que comme votre femme et votre égale. Enfin, mes camarades se moqueraient peut-être de moi, et quoique ça soit une sottise de faire attention à cela, je crois que je serais honteuse et un peu triste le jour de mes noces.

— Ce sont là des raisons d'enfant; tu parles tout à fait comme un enfant, Marie!

— Eh bien! oui, je suis un enfant, dit-elle, et c'est à cause de cela que je crains un homme trop raisonnable. Vous voyez bien que je suis trop jeune pour vous, puisque déjà vous me reprochez de parler sans raison! Je ne puis pas avoir plus de raison que mon âge n'en comporte.

— Hélas! mon Dieu, que je suis donc à plaindre d'être si maladroit et de dire si mal ce que je pense! s'écria Germain. Marie, vous ne m'aimez pas, voilà le fait; vous me trouvez trop simple et trop lourd. Si vous m'aimiez un peu, vous ne verriez pas si clairement mes défauts. Mais vous ne m'aimez pas, voilà!

— Eh bien, ce n'est pas ma faute, répondit-elle, un peu blessée de ce qu'il ne la tutoyait plus; j'y fais

mon possible en vous écoutant, mais plus je m'y essaye
et moins je peux me mettre dans la tête que nous de-
vions être mari et femme.

Germain ne répondit pas. Il mit sa tête dans ses
deux mains et il fut impossible à la petite Marie de
savoir s'il pleurait, s'il boudait, ou s'il était endormi.
Elle fut un peu inquiète de le voir si morne et de ne
pas deviner ce qui roulait dans son esprit; mais elle
n'osa pas lui parler davantage, et comme elle était trop
étonnée de ce qui venait de se passer pour avoir envie
de se rendormir, elle attendit le jour avec impatience,
soignant toujours le feu et veillant l'enfant, dont Germain paraissait ne plus se souvenir. Cependant Germain ne dormait point; il ne réfléchissait pas à son
sort et ne faisait ni projets de courage ni plans de
séduction. Il souffrait, il avait une montagne d'ennui
sur le cœur. Il aurait voulu être mort. Tout paraissait
devoir tourner mal pour lui, et s'il eût pu pleurer, il ne
l'aurait pas fait à demi. Mais il y avait un peu de
colère contre lui-même, mêlée à sa peine, et il étouffait
sans pouvoir et sans vouloir se plaindre.

Quand le jour fut venu et que les bruits de la
campagne l'annoncèrent à Germain, il sortit son visage
de ses mains et se leva. Il vit que la petite Marie
n'avait pas dormi non plus, mais il ne sut rien lui
dire pour marquer sa sollicitude. Il était tout à fait
découragé. Il cacha de nouveau le bât de la Grise

dans les buissons, prit son sac sur son épaule, et tenant son fils par la main :

— A présent, Marie, dit-il, nous allons tâcher d'achever notre voyage. Veux-tu que je te conduise aux Ormeaux?

— Nous sortirons du bois ensemble, lui répondit-elle, et quand nous saurons où nous sommes, nous irons chacun de notre côté.

Germain ne répondit pas. Il était blessé de ce que la jeune fille ne lui demandait pas de la mener jus-qu'aux Ormeaux, et il ne s'apercevait pas qu'il le lui avait offert d'un ton qui semblait provoquer un refus.

Un bûcheron qu'ils rencontrèrent au bout de deux cents pas les mit dans le bon chemin et leur dit qu'après avoir passé la grande prairie ils n'avaient qu'à prendre, l'un tout droit, l'autre sur la gauche, pour gagner leurs différents gîtes, qui étaient d'ail-leurs si voisins qu'on voyait distinctement les mai-sons de Fourche de la ferme des Ormeaux, et récipro-quement.

Puis, quand ils eurent remercié et dépassé le bû-cheron, celui-ci les rappela pour leur demander s'ils n'avaient pas perdu un cheval.

— J'ai trouvé, leur dit-il, une belle jument grise dans ma cour, où peut-être le loup l'aura forcée de chercher un refuge. Mes chiens ont *juppé à nuitée*, et au point du jour j'ai vu la bête chevaline sous mon

12

hangar; elle y est encore. Allons-y, et si vous la recon-
naissez, emmenez-la.

Germain, ayant donné d'avance le signalement de
la Grise et s'étant convaincu qu'il s'agissait bien
d'elle, se mit en route pour aller rechercher son bât.
La petite Marie lui offrit alors de conduire son enfant
aux Ormeaux, où il viendrait le reprendre lorsqu'il
aurait fait son entrée à Fourche.

— Il est un peu malpropre après la nuit que nous
avons passée, dit-elle. Je nettoierai ses habits, je
laverai son joli museau, je le peignerai, et quand il
sera beau et brave, vous pourrez le présenter à votre
nouvelle famille.

— Et qui te dit que je veuille aller à Fourche?
répondit Germain avec humeur. Peut-être n'irai-je pas.

— Si fait, Germain, vous devez y aller, vous irez,
reprit la jeune fille.

— Tu es bien pressée que je me marie avec une
autre, afin d'être sûre que je ne t'ennuierai plus.

— Allons, Germain, ne pensez plus à cela : c'est
une idée qui vous est venue dans la nuit, parce que
cette mauvaise aventure avait un peu dérangé vos
esprits. Mais, à présent, il faut que la raison vous re-
vienne; je vous promets d'oublier ce que vous m'avez
dit et de n'en jamais parler à personne.

— Eh! parles-en si tu veux. Je n'ai pas l'habitude de renier mes paroles. Ce que je t'ai dit

était vrai, honnête, et je n'en rougirai devant personne.

— Oui ; mais si votre femme savait qu'au moment d'arriver, vous avez pensé à une autre, ça la disposerait mal pour vous. Ainsi faites attention aux paroles que vous direz maintenant ; ne me regardez pas comme ça devant le monde, avec un air tout singulier. Songez au père Maurice qui compte sur votre obéissance, et qui serait bien en colère contre moi si je vous détournais de faire sa volonté. Bonjour, Germain ; j'emmène Petit-Pierre afin de vous forcer d'aller à Fourche. C'est un gage que je vous garde.

— Tu veux donc aller avec elle ? dit le laboureur à son fils, en voyant qu'il s'attachait aux mains de la petite Marie et qu'il la suivait résolument.

— Oui, père, répondit l'enfant, qui avait écouté et compris à sa manière ce qu'on venait de dire sans méfiance devant lui. Je m'en vais avec ma Marie mignonne : tu viendras me chercher quand tu auras fini de te marier ; mais je veux que Marie reste ma petite mère.

— Tu vois bien qu'il le veut, lui ! dit Germain à la jeune fille. Écoute, Petit-Pierre, ajouta-t-il, moi je le souhaite, qu'elle soit ta mère et qu'elle reste toujours avec toi : c'est elle qui ne le veut pas. Tâche qu'elle t'accorde ce qu'elle me refuse.

— Sois tranquille, mon père, je lui ferai dire oui :
la petite Marie fait toujours ce que je veux.

Il s'éloigna avec la jeune fille. Germain resta seul,
plus triste, plus irrésolu que jamais.

XII

LA LIONNE DU VILLAGE

C EPENDANT, quand il eut réparé le désordre du voyage dans ses vêtements et dans l'équipage de son cheval, quand il fut monté sur la Grise et qu'on lui eut indiqué le chemin de Fourche, il pensa qu'il n'y avait plus à reculer et qu'il fallait oublier cette nuit d'agitations comme un rêve dangereux.

Il trouva le père Léonard au seuil de sa maison blanche, assis sur un beau banc de bois peint en vert-épinard. Il y avait six marches de pierre disposées en perron, ce qui faisait voir que la maison avait une cave. Le mur du jardin et de la chènevière était crépi à chaux et à sable. C'était une belle habitation ; il s'en fallait de peu qu'on ne la prît pour une maison de bourgeois.

Le futur beau-père vint au-devant de Germain, et après lui avoir demandé, pendant cinq minutes, des

nouvelles de toute sa famille, il ajouta la phrase consa-
crée à questionner poliment ceux qu'on rencontre,
sur le but de leur voyage : *Vous êtes donc venu pour
vous promener par ici?*

— Je suis venu vous voir, répondit le laboureur,
et vous présenter ce petit cadeau de gibier de la part
de mon beau-père, en vous disant, aussi de sa part,
que vous devez savoir dans quelles intentions je viens
chez vous.

— Ah! ah! dit le père Léonard en riant et en
frappant sur son estomac rebondi, je vois, j'entends,
j'y suis! Et, clignant de l'œil, il ajouta : Vous ne serez
pas le seul à faire vos compliments, mon jeune
homme. Il y en a déjà trois à la maison qui attendent
comme vous. Moi, je ne renvoie personne, et je serais
bien embarrassé de donner tort ou raison à quelqu'un,
car ce sont tous de bons partis. Pourtant, à cause
du père Maurice et de la qualité des terres que vous
cultivez, j'aimerais mieux que ce fût vous. Mais ma
fille est majeure et maîtresse de son bien; elle agira
donc selon son idée. Entrez, faites-vous connaître; je
souhaite que vous ayez le bon numéro !

— Pardon, excuse, répondit Germain, fort surpris
de se trouver en surnuméraire là où il avait compté
être seul. Je ne savais pas que votre fille fût déjà
pourvue de prétendants, et je n'étais pas venu pour la
disputer aux autres.

— Si vous avez cru que, parce que vous tardiez à venir, répondit, sans perdre sa bonne humeur, le père Léonard, ma fille se trouvait au dépourvu, vous vous êtes grandement trompé, mon garçon. La Catherine a de quoi attirer les épouseurs, et elle n'aura que l'embarras du choix. Mais entrez à la maison, vous dis-je, et ne perdez pas courage. C'est une femme qui vaut la peine d'être disputée.

Et poussant Germain par les épaules avec une rude gaieté : — Allons, Catherine, s'écria-t-il en entrant dans la maison, en voilà un de plus !

Cette manière joviale, mais grossière d'être présenté à la veuve, en présence de ses autres soupirants, acheva de troubler et de mécontenter le laboureur. Il se sentit gauche et resta quelques instants sans oser lever les yeux sur la belle et sur sa cour.

La veuve Guérin était bien faite et ne manquait pas de fraîcheur. Mais elle avait une expression de visage et une toilette qui déplurent tout d'abord à Germain. Elle avait l'air hardi et content d'elle-même, et ses cornettes garnies d'un triple rang de dentelle, son tablier de soie et son fichu de blonde noire étaient peu en rapport avec l'idée qu'il s'était faite d'une veuve sérieuse et rangée.

Cette recherche d'habillement et ces manières dégagées la lui firent trouver vieille et laide, quoiqu'elle ne fût ni l'une ni l'autre. Il pensa qu'une si jolie pa-

rure et des manières si enjouées siéraient à l'âge et à
l'esprit fin de la petite Marie, mais que cette veuve
avait la plaisanterie lourde et hasardée, et qu'elle portait sans distinction ses beaux atours.

Les trois prétendants étaient assis à une table
chargée de vins et de viandes, qui étaient là en per-
manence pour eux toute la matinée du dimanche;
car le père Léonard aimait à faire montre de sa richesse,
et la veuve n'était pas fâchée non plus d'étaler sa belle
vaisselle et de tenir table comme une rentière. Germain, tout simple et confiant qu'il était, observa les
choses avec assez de pénétration, et pour la première
fois de sa vie il se tint sur la défensive en trinquant.
Le père Léonard l'avait forcé de prendre place avec ses
rivaux, et, s'asseyant lui-même vis-à-vis de lui, il le
traitait de son mieux et s'occupait de lui avec prédi-
lection. Le cadeau de gibier, malgré la brèche que
Germain y avait faite pour son propre compte, était
encore assez copieux pour produire de l'effet. La veuve
y parut sensible, et les prétendants y jetèrent un coup
d'œil de dédain.

Germain se sentait mal à l'aise en cette compagnie et ne mangeait pas de bon cœur. Le père Léonard
l'en plaisanta. — Vous voilà bien triste, lui dit-il, et
vous boudez contre votre verre. Il ne faut pas que
l'amour vous coupe l'appétit, car un galant à jeun ne
sait point trouver de jolies paroles comme celui qui

F. Rudaux inv. et sc.

Maison Quantin Imp

LA MARE AU DIABLE — Chapitre XII

s'est éclairci les idées avec une petite pointe de vin. Germain fut mortifié qu'on le supposât déjà amoureux, et l'air maniéré de la veuve, qui baissa les yeux en souriant, comme une personne sûre de son fait, lui donna l'envie de protester contre sa prétendue défaite; mais il craignit de paraître incivil, sourit et prit patience.

Les galants de la veuve lui parurent trois rustres. Il fallait qu'ils fussent bien riches pour qu'elle admit leurs prétentions. L'un avait plus de quarante ans et était quasi aussi gros que le père Léonard; un autre était borgne et buvait tant qu'il en était abruti; le troisième était jeune et assez joli garçon; mais il voulait faire de l'esprit et disait des choses si plates que cela faisait pitié. Pourtant la veuve en riait comme si elle eût admiré toutes ces sottises, et, en cela, elle ne faisait pas preuve de goût. Germain crut d'abord qu'elle en était coiffée; mais bientôt il s'aperçut qu'il était lui-même encouragé d'une manière particulière et qu'on souhaitait qu'il se livrât davantage. Ce lui fut une raison pour se sentir et se montrer plus froid et plus grave.

L'heure de la messe arriva, et on se leva de table pour s'y rendre ensemble. Il fallait aller jusqu'à Mers, à une bonne demi-lieue de là, et Germain était si fatigué qu'il eût fort souhaité avoir le temps de faire un somme auparavant; mais il n'avait pas coutume

13

de manquer la messe, et il se mit en route avec les autres.

Les chemins étaient couverts de monde, et la veuve marchait d'un air fier, escortée de ses trois prétendants, donnant le bras tantôt à l'un, tantôt à l'autre, se rengorgeant et portant haut la tête. Elle eût fort souhaité produire le quatrième aux yeux des passants; mais Germain trouva si ridicule d'être traîné ainsi de compagnie par un cotillon, à la vue de tout le monde, qu'il se tint à distance convenable, causant avec le père Léonard et trouvant moyen de le distraire et de l'occuper assez pour qu'ils n'eussent point l'air de faire partie de la bande.

XIII

LE MAITRE

Lorsqu'ils atteignirent le village, la veuve s'arrêta pour les attendre. Elle voulait absolument faire son entrée avec tout son monde; mais Germain, lui refusant cette satisfaction, quitta le père Léonard, accosta plusieurs personnes de sa connaissance et entra dans l'église par une autre porte. La veuve en eut du dépit.

Après la messe, elle se montra partout triomphante sur la pelouse où l'on dansait, et ouvrit la danse avec ses trois amoureux successivement. Germain la regarda faire et trouva qu'elle dansait bien, mais avec affectation.

— Eh bien! lui dit Léonard en lui frappant sur l'épaule, vous ne faites donc pas danser ma fille? Vous êtes aussi par trop timide!

— Je ne danse plus depuis que j'ai perdu ma
femme, répondit le laboureur.

— Eh bien, puisque vous en recherchez une autre,
le deuil est fini dans le cœur comme sur l'habit.

— Ce n'est pas une raison, père Léonard; d'ailleurs, je me trouve trop vieux, je n'aime plus la
danse.

— Écoutez, reprit Léonard en l'attirant dans un
endroit isolé, vous avez pris du dépit, en entrant chez
moi, de voir la place déjà entourée d'assiégeants, et je
vois que vous êtes très fier; mais ceci n'est pas raisonnable, mon garçon. Ma fille est habituée à être
courtisée, surtout depuis deux ans qu'elle a fini son
deuil, et ce n'est pas à elle à aller au-devant de vous.

— Il y a déjà deux ans que votre fille est à marier, et elle n'a pas encore pris son parti? dit Germain.

— Elle ne veut pas se presser, et elle a raison.
Quoiqu'elle ait la mine éveillée et qu'elle vous paraisse
peut-être ne pas beaucoup réfléchir, c'est une femme
d'un grand sens, et qui sait fort bien ce qu'elle fait.

— Il ne me semble pas, dit Germain ingénument,
car elle a trois galants à sa suite, et si elle savait ce
qu'elle veut, il y en aurait au moins deux qu'elle trou-
verait de trop et qu'elle prierait de rester chez eux.

— Pourquoi donc? vous n'y entendez rien, Germain. Elle ne veut ni du vieux, ni du borgne, ni du
jeune, j'en suis quasi certain; mais si elle les ren-

voyait, on penserait qu'elle veut rester veuve, et il
n'en viendrait pas d'autre.

— Ah! oui! ceux-là servent d'enseigne!

— Comme vous dites. Où est le mal, si cela leur
convient?

— Chacun son goût! dit Germain.

— Je vois que ce ne serait pas le vôtre. Mais
voyons, on peut s'entendre: à supposer que vous soyez
préféré, on pourrait vous laisser la place.

— Oui, à supposer! Et en attendant qu'on puisse
le savoir, combien de temps faudrait-il rester le nez
au vent?

— Ça dépend de vous, je crois, si vous savez
parler et persuader. Jusqu'ici ma fille a très bien compris que le meilleur temps de sa vie serait celui qu'elle
passerait à se laisser courtiser, et elle ne se sent pas
pressée de devenir la servante d'un homme, quand elle
peut commander à plusieurs. Ainsi, tant que le jeu
lui plaira, elle peut se divertir; mais si vous plaisez
plus que le jeu, le jeu pourra cesser. Vous n'avez qu'à
ne pas vous rebuter. Revenez tous les dimanches,
faites-la danser, donnez à connaître que vous vous
mettez sur les rangs, et si on vous trouve plus aimable
et mieux appris que les autres, un beau jour on vous
le dira sans doute.

— Pardon, père Léonard, votre fille a le droit
d'agir comme elle l'entend, et je n'ai pas celui de la

blâmer. A sa place, moi, j'agirais autrement; j'y mettrais plus de franchise et je ne ferais pas perdre du temps à des hommes qui ont sans doute quelque chose de mieux à faire qu'à tourner autour d'une femme qui se moque d'eux. Mais enfin, si elle trouve son amusement et son bonheur à cela, cela ne me regarde point. Seulement, il faut que je vous dise une chose qui m'embarrasse un peu à vous avouer depuis ce matin, vu que vous avez commencé par vous tromper sur mes intentions et que vous ne m'avez pas donné le temps de vous répondre : si bien que vous croyez ce qui n'est point. Sachez donc que je ne suis pas venu ici dans la vue de demander votre fille en mariage, mais dans celle de vous acheter une paire de bœufs que vous voulez conduire en foire la semaine prochaine, et que mon beau-père suppose lui convenir.

— J'entends, Germain, répondit Léonard fort tranquillement; vous avez changé d'idée en voyant ma fille avec ses amoureux. C'est comme il vous plaira. Il paraît que ce qui attire les uns rebute les autres, et vous avez le droit de vous retirer puisque aussi bien vous n'avez pas encore parlé. Si vous voulez sérieusement acheter mes bœufs, venez les voir au pâturage; nous en causerons, et, que nous fassions ou non ce marché, vous viendrez dîner avec nous avant de vous en retourner.

— Je ne veux pas que vous vous dérangiez, reprit

Germain, vous avez peut-être affaire ici ; moi je m'en-
nuie un peu de voir danser et de ne rien faire. Je
vais voir vos bêtes et je vous trouverai tantôt chez
vous.

Là-dessus Germain s'esquiva et se dirigea vers
les prés, où Léonard lui avait, en effet, montré de loin
une partie de son bétail. Il était vrai que le père Maurice en avait à acheter, et Germain pensa que s'il lui
ramenait une belle paire de bœufs d'un prix modéré,
il se ferait mieux pardonner d'avoir manqué volontai-
rement le but de son voyage.

Il marcha vite et se trouva bientôt à peu de distance des Ormeaux. Il éprouva alors le besoin d'aller
embrasser son fils et même de revoir la petite Marie,
quoiqu'il eût perdu l'espoir et chassé la pensée de lui
devoir son bonheur. Tout ce qu'il venait de voir et
d'entendre, cette femme coquette et vaine, ce père à
la fois rusé et borné, qui encourageait sa fille dans des
habitudes d'orgueil et de déloyauté, ce luxe des villes,
qui lui paraissait une infraction à la dignité des mœurs
de la campagne, ce temps perdu à des paroles oiseuses
et niaises, cet intérieur si différent du sien, et surtout
ce malaise profond que l'homme des champs éprouve
lorsqu'il sort de ses habitudes laborieuses, tout ce qu'il
avait subi d'ennui et de confusion depuis quelques
heures donnait à Germain l'envie de se retrouver avec
son enfant et sa petite voisine. N'eût-il pas été amou-

reux de cette dernière, il l'aurait encore cherchée pour
se distraire et remettre ses esprits dans leur assiette
accoutumée.

Mais il regarda en vain dans les prairies environnantes, il n'y trouva ni la petite Marie ni le petit
Pierre : il était pourtant l'heure où les pasteurs sont
aux champs. Il y avait un grand troupeau dans une
chôme; il demanda à un jeune garçon, qui le gardait,
si c'étaient les moutons de la métairie des Ormeaux.

— Oui, dit l'enfant.

— En êtes-vous le berger? est-ce que les garçons
gardent les bêtes à laine des métairies, dans votre
endroit?

— Non. Je les garde aujourd'hui parce que la bergère est partie : elle était malade.

— Mais n'avez-vous pas une nouvelle bergère,
arrivée de ce matin?

— Oh! bien oui? elle est déjà partie aussi.

— Comment, partie? n'avait-elle pas un enfant
avec elle?

— Oui : un petit garçon qui a pleuré. Ils se sont
en allés tous les deux au bout de deux heures.

— En allés, où?

— D'où ils venaient, apparemment. Je ne leur ai
pas demandé.

— Mais pourquoi donc s'en allaient-ils? dit Germain de plus en plus inquiet.

— Dame ! est-ce que je sais?

— On ne s'est pas entendu sur le prix? ce devait
être pourtant une chose convenue d'avance.

— Je ne peux rien vous en dire. Je les ai vus entrer
et sortir, voilà tout.

Germain se dirigea vers la ferme et questionna les
métayers. Personne ne put lui expliquer le fait; mais
il était constant qu'après avoir causé avec le fermier,
la jeune fille était partie sans rien dire, emmenant
l'enfant qui pleurait.

— Est-ce qu'on a maltraité mon fils? s'écria Germain dont les yeux s'enflammèrent.

— C'était donc votre fils? Comment se trouvait-il
avec cette petite? D'où êtes-vous donc, et comment
vous appelle-t-on?

Germain, voyant que, suivant l'habitude du pays,
on allait répondre à ses questions par d'autres questions, frappa du pied avec impatience et demanda à
parler au maître.

Le maître n'y était pas : il n'avait pas coutume
de rester la journée entière quand il venait à la ferme.
Il était monté à cheval, et il était parti on ne savait
pour quelle autre de ses fermes.

— Mais enfin, dit Germain en proie à une vive
anxiété, ne pouvez-vous savoir la raison du départ de
cette jeune fille?

Le métayer échangea un sourire étrange avec sa

14

femme; puis il répondit qu'il n'en savait rien, que
cela ne le regardait pas. Tout ce que Germain put
apprendre, c'est que la jeune fille et l'enfant étaient
allés du côté de Fourche. Il courut à Fourche : la
veuve et ses amoureux n'étaient pas de retour, non
plus que le père Léonard. La servante lui dit qu'une
jeune fille et un enfant étaient venus le demander,
mais que, ne les connaissant pas, elle n'avait pas voulu
les recevoir et leur avait conseillé d'aller à Mers.

— Et pourquoi avez-vous refusé de les recevoir?
dit Germain avec humeur. On est donc bien méfiant
dans ce pays-ci, qu'on n'ouvre pas la porte à son prochain?

— Ah! dame! répondit la servante, dans une maison riche comme celle-ci on a raison de faire bonne
garde. Je réponds de tout quand les maîtres sont ab-
sents, et je ne peux pas ouvrir aux premiers venus.

— C'est une laide coutume, dit Germain, et j'aimerais mieux être pauvre que de vivre comme cela dans
la crainte. Adieu, la fille! adieu à votre vilain pays!

Il s'enquit dans les maisons environnantes. On
avait vu la bergère et l'enfant. Comme le petit était
parti de Belair à l'improviste, sans toilette, avec sa
blouse un peu déchirée et sa petite peau d'agneau sur le
corps; comme aussi la petite Marie était, pour cause,
fort pauvrement vêtue en tout temps, on les avait pris
pour des mendiants. On leur avait offert du pain; la

jeune fille en avait accepté un morceau pour l'enfant
qui avait faim, puis elle était partie très vite avec lui
et avait gagné les bois.

Germain réfléchit un instant, puis il demanda si le
fermier des Ormeaux n'était pas venu à Fourche.

— Oui, lui répondit-on ; il a passé à cheval peu
d'instants après cette petite.

— Est-ce qu'il a couru après elle ?

— Ah ! vous le connaissez donc ? dit en riant le ca-
baretier de l'endroit, auquel il s'adressait. Oui, certes ;
c'est un gaillard endiablé pour courir après les filles.
Mais je ne crois pas qu'il ait attrapé celle-là ; quoique
après tout, s'il l'eût vue...

— C'est assez, merci ! Et il vola plutôt qu'il ne
courut à l'écurie de Léonard. Il jeta la bâtine sur la
Grise, sauta dessus et partit au grand galop dans la
direction des bois de Chanteloube.

Le cœur lui bondissait d'inquiétude et de colère,
la sueur lui coulait du front. Il mettait en sang les
flancs de la Grise, qui, en se voyant sur le chemin de
son écurie, ne se faisait pourtant pas prier pour courir.

E.Rudaux inv et sc.   Maison Quantin Imp

LA MARE AU DIABLE _ Chapitre XIV.

XIV

LA VIEILLE

GERMAIN se retrouva bientôt à l'endroit où il avait passé la nuit au bord de la mare. Le feu fumait encore; une vieille femme ramassait le reste de la provision de bois mort que la petite Marie y avait entassée. Germain s'arrêta pour la questionner. Elle était sourde, et, se méprenant sur ses interrogations :

— Oui, mon garçon, dit-elle, c'est ici la Mare au Diable. C'est un mauvais endroit, et il ne faut pas en approcher sans jeter trois pierres dedans de la main gauche, en faisant le signe de la croix de la main droite : ça éloigne les esprits. Autrement il arrive des malheurs à ceux qui en font le tour.

— Je ne vous parle pas de ça, dit Germain en s'approchant d'elle et en criant à tue-tête : N'avez-vous pas vu passer dans le bois une fille et un enfant?

— Oui, dit la vieille, il s'y est noyé un petit enfant !

Germain frémit de la tête aux pieds ; mais heureusement la vieille ajouta :

— Il y a bien longtemps de ça ; en mémoire de l'accident on y avait planté une belle croix ; mais, par une belle nuit de grand orage, les mauvais esprits l'ont jetée dans l'eau. On peut en voir encore un bout. Si quelqu'un avait le malheur de s'arrêter ici la nuit, il serait bien sûr de ne pouvoir jamais en sortir avant le jour. Il aurait beau marcher, marcher, il pourrait faire deux cents lieues dans le bois et se retrouver toujours à la même place. — L'imagination du laboureur se frappa malgré lui de ce qu'il entendait, et l'idée du malheur qui pouvait arriver, pour achever de justifier les assertions de la vieille femme, s'empara si bien de sa tête, qu'il se sentit froid par tout le corps. Désespérant d'obtenir d'autres renseignements, il remonta à cheval et recommença de parcourir le bois en appelant Pierre de toutes ses forces, et en sifflant, faisant claquer son fouet, cassant les branches pour remplir la forêt du bruit de sa marche, écoutant ensuite si quelque voix lui répondait ; mais il n'entendait que la cloche des vaches éparses dans les taillis, et le cri sauvage des porcs qui se disputaient la glandée.

Enfin Germain entendit derrière lui le pas d'un cheval qui courait sur ses traces, et un homme entre deux âges, brun, robuste, habillé comme un demi-

bourgeois, lui cria de s'arrêter. Germain n'avait jamais
vu le fermier des Ormeaux ; mais un instinct de rage
lui fit juger de suite que c'était lui. Il se retourna, et,
le toisant de la tête aux pieds, il attendit ce qu'il avait
à lui dire.

— N'avez-vous pas vu passer par ici une jeune
fille de quinze ou seize ans, avec un petit garçon ?
dit le fermier en affectant un air d'indifférence, quoiqu'il fût visiblement ému.

— Et que lui voulez-vous ? répondit Germain sans
chercher à déguiser sa colère.

— Je pourrais vous dire que ça ne vous regarde
pas, mon camarade ; mais comme je n'ai pas de raisons
pour le cacher, je vous dirai que c'est une bergère que
j'avais louée pour l'année sans la connaître… Quand
je l'ai vue arriver, elle m'a semblé trop jeune et trop
faible pour l'ouvrage de la ferme. Je l'ai remerciée,
mais je voulais lui payer les frais de son petit voyage,
et elle est partie fâchée pendant que j'avais le dos
tourné… Elle s'est tant pressée, qu'elle a même oublié
une partie de ses effets et sa bourse, qui ne contient
pas grand'chose, à coup sûr ; quelques sous probable-
ment !… mais enfin, comme j'avais à passer par ici, je
pensais la rencontrer et lui remettre ce qu'elle a oublié
et ce que je lui dois.

Germain avait l'âme trop honnête pour ne pas
hésiter en entendant cette histoire, sinon très vraisem-

blable, du moins possible. Il attachait un regard perçant sur le fermier, qui soutenait cette investigation avec beaucoup d'impudence ou de candeur.

— Je veux en avoir le cœur net, se dit Germain, et, contenant son indignation :

— C'est une fille de chez nous, dit-il; je la connais : elle doit être par ici... Avançons ensemble... nous la retrouverons sans doute.

— Vous avez raison, dit le fermier. Avançons... et pourtant, si nous ne la trouvons pas au bout de l'avenue, j'y renonce,... car il faut que je prenne le chemin d'Ardentes.

— Oh! pensa le laboureur, je ne te quitte pas! quand même je devrais tourner pendant vingt-quatre heures avec toi autour de la Mare au Diable!

— Attendez! dit tout à coup Germain en fixant des yeux une touffe de genêts qui s'agitait singulièrement: holà! holà! Petit-Pierre, est-ce toi, mon enfant?

L'enfant, reconnaissant la voix de son père, sortit des genêts en sautant comme un chevreuil; mais quand il le vit dans la compagnie du fermier, il s'arrêta comme effrayé et resta incertain.

— Viens, mon Pierre! viens, c'est moi! s'écria le laboureur en courant après lui, et en sautant à bas de son cheval pour le prendre dans ses bras : et où est la petite Marie?

— Elle est là qui se cache, parce qu'elle a peur de ce vilain homme noir, et moi aussi.

— Eh! sois tranquille; je suis là... Marie! Marie! c'est moi!

Marie approcha en rampant, et dès qu'elle vit Germain, que le fermier suivait de près, elle courut se jeter dans ses bras; et, s'attachant à lui comme une fille à son père :

— Ah! mon brave Germain, lui dit-elle, vous me défendrez ; je n'ai pas peur avec vous.

Germain eut le frisson. Il regarda Marie : elle était pâle, ses vêtements étaient déchirés par les épines où elle avait couru, cherchant le fourré, comme une biche traquée par les chasseurs. Mais il n'y avait ni honte ni désespoir sur sa figure.

— Ton maître veut te parler, lui dit-il, en observant toujours ses traits.

— Mon maître? dit-elle fièrement; cet homme-là n'est pas mon maître et ne le sera jamais!... C'est vous, Germain, qui êtes mon maître. Je veux que vous me rameniez avec vous... Je vous servirai pour rien!

Le fermier s'était avancé, feignant un peu d'impatience.

— Hé! la petite, dit-il, vous avez oublié chez nous quelque chose que je vous rapporte..

— Nenni, monsieur, répondit la petite Marie, je n'ai rien oublié, et je n'ai rien à vous demander...

— Écoutez un peu ici, reprit le fermier, j'ai quelque chose à vous dire, moi!... Allons!... n'ayez pas peur... deux mots seulement...

— Vous pouvez les dire tout haut... je n'ai pas de secrets avec vous.

— Venez prendre votre argent, au moins.

— Mon argent? Vous ne me devez rien, Dieu merci!

— Je m'en doutais bien, dit Germain à demi-voix; mais c'est égal, Marie... écoute ce qu'il a à te dire... car, moi, je suis curieux de le savoir. Tu me le diras après : j'ai mes raisons pour ça. Va auprès de son cheval... je ne te perds pas de vue.

Marie fit trois pas vers le fermier, qui lui dit, en se penchant sur le pommeau de sa selle et en baissant la voix :

— Petite, voilà un beau louis d'or pour toi! tu ne diras rien, entends-tu? Je dirai que je t'ai trouvée trop faible pour l'ouvrage de ma ferme... Et qu'il ne soit plus question de ça... Je repasserai par chez vous un de ces jours; et si tu n'as rien dit, je te donnerai encore quelque chose... Et puis, si tu es plus raisonnable, tu n'as qu'à parler : je te ramènerai chez moi, ou bien, j'irai causer avec toi à la brune dans les prés. Quel cadeau veux-tu que je te porte?

— Voilà, monsieur, le cadeau que je vous fais, moi! répondit à voix haute la petite Marie, en lui jetant son louis d'or au visage, et même assez rudement. Je vous

F. Rudaux inv. et sc.

Maison Quantin Imp.

LA MARE AU DIABLE — Chapitre XIV

remercie beaucoup et vous prie, quand vous repasserez par chez nous, de me faire avertir : tous les garçons de mon endroit iront vous recevoir, parce que, chez nous, on aime fort les bourgeois qui veulent en conter aux pauvres filles ! Vous verrez ça, on vous attendra.

— Vous êtes une menteuse et une sotte langue ! dit le fermier courroucé, en levant son bâton d'un air de menace. Vous voudriez faire croire ce qui n'est point, mais vous ne me tirerez pas d'argent : on connaît vos pareilles !

Marie s'était reculée effrayée ; mais Germain s'était élancé à la bride du cheval du fermier, et la secouant avec force :

— C'est entendu, maintenant ! dit-il, et nous voyons assez de quoi il retourne... A terre ! mon homme ! à terre ! et causons tous les deux !

Le fermier ne se souciait pas d'engager la partie : il éperonna son cheval pour se dégager et voulut frapper de son bâton les mains du laboureur pour lui faire lâcher prise ; mais Germain esquiva le coup, et, lui prenant la jambe, il le désarçonna et le fit tomber sur la fougère, où il le terrassa, quoique le fermier se fût remis sur ses pieds et se défendît vigoureusement. Quand il le tint sous lui :

— Homme de peu de cœur ! lui dit Germain, je pourrais te rouer de coups si je voulais ! Mais je n'aime pas à faire du mal, et d'ailleurs aucune correction n'amenderait ta conscience... Cependant, tu ne bougeras pas d'ici que tu n'aies demandé pardon, à genoux, à cette jeune fille.

Le fermier, qui connaissait ces sortes d'affaires, voulut prendre la chose en plaisanterie. Il prétendit que son péché n'était pas si grave, puisqu'il ne consistait qu'en paroles, et qu'il voulait bien demander pardon, à condition qu'il embrasserait la fille, que l'on irait boire une pinte de vin au plus prochain cabaret, et qu'on se quitterait bons amis.

— Tu me fais peine! lui répondit Germain en lui poussant la face contre terre, et j'ai hâte de ne plus voir ta méchante mine. Tiens, rougis si tu peux, et tâche de prendre le chemin des *affronteux* [1] quand tu passeras par chez nous.

Il ramassa le bâton de houx du fermier, le brisa sur son genou pour lui montrer la force de ses poignets, et en jeta les morceaux au loin avec mépris.

Puis, prenant d'une main son fils, et de l'autre la petite Marie, il s'éloigna tout tremblant d'indignation.

---

1. C'est le chemin qui détourne de la rue principale à l'entrée des villages et les côtoie à l'extérieur. On suppose que les gens qui craignent de recevoir quelque affront mérité le prennent pour éviter d'être vus.

XV

LE RETOUR A LA FERME

Au bout d'un quart d'heure ils avaient franchi les brandes. Ils trottaient sur la grand'route, et la Grise hennissait à chaque objet de sa connaissance. Petit-Pierre racontait à son père ce qu'il avait pu comprendre dans ce qui s'était passé.

— Quand nous sommes arrivés, dit-il, cet *homme-là* est venu pour parler à *ma Marie* dans la bergerie où nous avons été tout de suite, pour voir les beaux moutons. Moi, j'étais monté dans la crèche pour jouer, et cet *homme-là* ne me voyait pas. Alors il a dit bonjour à ma Marie et il l'a embrassée.

— Tu t'es laissé embrasser, Marie? dit Germain tout tremblant de colère.

— J'ai cru que c'était une honnêteté, une coutume de l'endroit aux arrivées, comme, chez vous, la grand'-mère embrasse les jeunes filles qui entrent à son ser-

vice, pour leur faire voir qu'elle les adopte et qu'elle
leur sera comme une mère.

— Et puis alors, reprit Petit-Pierre, qui était fier
d'avoir à raconter une aventure, cet *homme-là* t'a dit
quelque chose de vilain, quelque chose que tu m'as
dit de ne jamais répéter et de ne pas m'en souvenir :
aussi je l'ai oublié bien vite. Cependant, si mon père
veut que je lui dise ce que c'était...

— Non, mon Pierre, je ne veux pas l'entendre, et
je veux que tu ne t'en souviennes jamais.

— En ce cas, je vas l'oublier encore, reprit l'enfant. Et puis alors, cet *homme-là* a eu l'air de se fâcher
parce que Marie lui disait qu'elle s'en irait. Il lui a dit
qu'il lui donnerait tout ce qu'elle voudrait, cent francs !
Et ma Marie s'est fâchée aussi. Alors il est venu
contre elle, comme s'il voulait lui faire du mal. J'ai eu
peur et je me suis jeté contre Marie en criant. Alors
cet *homme-là* a dit comme ça : « Qu'est-ce que c'est
que ça ? d'où sort cet enfant-là ? Mettez-moi ça dehors. »
Et il a levé son bâton pour me battre. Mais ma Marie
l'a empêché et elle lui a dit comme ça : « Nous
causerons plus tard, monsieur ; à présent, il faut que
je conduise cet enfant-là à Fourche, et puis je revien-
drai. » Et aussitôt qu'il a été sorti de la bergerie, ma
Marie m'a dit comme ça : « Sauvons-nous, mon Pierre,
allons-nous-en d'ici bien vite, car cet homme-là est
méchant, et il ne nous ferait que du mal. » Alors nous

avons passé derrière les granges, nous avons passé un petit pré, et nous avons été à Fourche pour te chercher. Mais tu n'y étais pas et on n'a pas voulu nous laisser t'attendre. Et alors cet *homme-là*, qui était monté sur son cheval noir, est venu derrière nous, et nous nous sommes sauvés plus loin, et puis nous avons été nous cacher dans le bois. Et puis il y est venu aussi, et quand nous l'entendions venir, nous nous cachions. Et puis, quand il avait passé, nous recommencions à courir pour nous en aller chez nous; et puis enfin tu es venu, et tu nous as trouvés; et voilà comme tout ça est arrivé. N'est-ce pas, ma Marie, que je n'ai rien oublié?

— Non, mon Pierre, et ça est la vérité. A présent, Germain, vous rendrez témoignage pour moi, et vous direz à tout le monde de chez nous que si je n'ai pas pu rester là-bas, ce n'est pas faute de courage et d'envie de travailler.

— Et toi, Marie, dit Germain, je te prierai de te demander à toi-même si, quand il s'agit de défendre une femme et de punir un insolent, un homme de vingt-huit ans n'est pas trop vieux? Je voudrais un peu savoir si Bastien, ou tout autre joli garçon, riche de dix ans moins que moi, n'aurait pas été écrasé par cet *homme-là*, comme dit Petit-Pierre : qu'en penses-tu?

— Je pense, Germain, que vous m'avez rendu un

grand service, et que je vous en remercierai toute
ma vie.

— C'est là tout?

— Mon petit père, dit l'enfant, je n'ai pas pensé à
dire à la petite Marie ce que je t'avais promis. Je n'ai
pas eu le temps, mais je le lui dirai à la maison, et je
le dirai aussi à ma grand'mère.

Cette promesse de son enfant donna enfin à réfléchir à Germain. Il s'agissait maintenant de s'expliquer
avec ses parents, et, en leur disant ses griefs contre
la veuve Guérin, de ne pas leur dire quelles autres
idées l'avaient disposé à tant de clairvoyance et de
sévérité.

Quand on est heureux et fier, le courage de faire
accepter son bonheur aux autres paraît facile; mais
être rebuté d'un côté, blâmé de l'autre, ne fait pas une
situation fort agréable.

Heureusement, le petit Pierre dormait quand ils
arrivèrent à la métairie, et Germain le déposa, sans
l'éveiller, sur son lit. Puis il entra sur toutes les expli-
cations qu'il put donner. Le père Maurice, assis sur
son escabeau à trois pieds, à l'entrée de la maison,
l'écouta gravement, et, quoiqu'il fût mécontent du
résultat de ce voyage, lorsque Germain, en racontant
le système de coquetterie de la veuve, demanda à
son beau-père s'il avait le temps d'aller les cinquante-
deux dimanches de l'année faire sa cour pour risquer

d'être renvoyé au bout de l'an, le beau-père répondit,
en inclinant la tête en signe d'adhésion : « Tu n'as
pas tort, Germain; ça ne se pouvait pas. » Et ensuite,
quand Germain raconta comme quoi il avait été
forcé de ramener la petite Marie au plus vite pour la
soustraire aux insultes, peut-être aux violences d'un
indigne maître, le père Maurice approuva encore de
la tête en disant : « Tu n'as pas eu tort, Germain; ça se
devait. »

Quand Germain eut achevé son récit et donné
toutes ses raisons, le beau-père et la belle-mère firent
simultanément un gros soupir de résignation, en se
regardant.

Puis, le chef de famille se leva en disant : « Allons!
que la volonté de Dieu soit faite! l'amitié ne se com-
mande pas! »

— Venez souper, Germain, dit la belle-mère. Il
est malheureux que ça ne se soit pas mieux arrangé;
mais, enfin, Dieu ne le voulait pas, à ce qu'il paraît.
Il faudra voir ailleurs.

— Oui, ajouta le vieillard, comme dit ma femme,
on verra ailleurs.

Il n'y eut pas d'autre bruit à la maison, et quand,
le lendemain, le petit Pierre se leva avec les alouettes,
au point du jour, n'étant plus excité par les événe-
ments extraordinaires des jours précédents, il retomba
dans l'apathie des petits paysans de son âge, oublia

16

tout ce qui lui avait trotté par la tête, et ne songea plus
qu'à jouer avec ses frères et à *faire l'homme* avec les
bœufs et les chevaux.

Germain essaya d'oublier aussi, en se replongeant
dans le travail; mais il devint si triste et si distrait,
que tout le monde le remarqua. Il ne parlait pas à la
petite Marie, il ne la regardait même pas; et pourtant
si on lui eût demandé dans quel pré elle était et par
quel chemin elle avait passé, il n'était point d'heure du
jour où il n'eût pu le dire s'il avait voulu répondre. Il
n'avait pas osé demander à ses parents de la recueillir
à la ferme pendant l'hiver, et pourtant il savait bien
qu'elle devait souffrir de la misère. Mais elle n'en
souffrit pas, et la mère Guillette ne put jamais comprendre comment sa petite provision de bois ne dimi-
nuait point, et comment son hangar se trouvait rempli
le matin lorsqu'elle l'avait laissé presque vide le soir.
Il en fut de même du blé et des pommes de terre.
Quelqu'un passait par la lucarne du grenier et vidait
un sac sur le plancher sans réveiller personne et sans
laisser de traces. La vieille en fut à la fois inquiète et
réjouie; elle engagea sa fille à n'en point parler, disant que si on venait à savoir le miracle qui se faisait
chez elle, on la tiendrait pour sorcière. Elle pensait
bien que le diable s'en mêlait, mais elle n'était pas
pressée de se brouiller avec lui en appelant les exor-
cismes du curé sur sa maison; elle se disait qu'il serait

temps, lorsque Satan viendrait lui demander son âme
en retour de ses bienfaits.

La petite Marie comprenait mieux la vérité, mais
elle n'osait en parler à Germain, de peur de le voir revenir à son idée de mariage, et elle feignait avec lui
de ne s'apercevoir de rien.

XVI

LA MÈRE MAURICE

Un jour la mère Maurice, se trouvant seule dans le verger avec Germain, lui dit d'un air d'amitié : « Mon pauvre gendre, je crois que vous n'êtes pas bien. Vous ne mangez pas aussi bien qu'à l'ordinaire, vous ne riez plus, vous causez de moins en moins. Est-ce que quelqu'un de chez nous, ou nous-mêmes, sans le savoir et sans le vouloir, vous avons fait de la peine ?

— Non, ma mère, répondit Germain, vous avez toujours été aussi bonne pour moi que la mère qui m'a mis au monde, et je serais un ingrat si je me plaignais de vous, ou de votre mari, ou de personne de la maison.

— En ce cas, mon enfant, c'est le chagrin de la mort de votre femme qui vous revient. Au lieu de s'en aller avec le temps, votre ennui empire, et il faut ab-

solument faire ce que votre beau-père vous a dit fort
sagement : il faut vous remarier.

— Oui, ma mère, ce serait aussi mon idée ; mais
les femmes que vous m'avez conseillé de rechercher ne
me conviennent pas. Quand je les vois, au lieu d'oublier ma Catherine, j'y pense davantage.

— C'est qu'apparemment, Germain, nous n'avons
pas su deviner votre goût. Il faut donc que vous nous
aidiez, en nous disant la vérité. Sans doute il y a
quelque part une femme qui est faite pour vous, car le
bon Dieu ne fait personne sans lui réserver son bonheur dans une autre personne. Si donc vous savez où
la prendre, cette femme qu'il vous faut, prenez-la ; et
qu'elle soit belle ou laide, jeune ou vieille, riche ou
pauvre, nous sommes décidés, mon vieux et moi, à
vous donner consentement ; car nous sommes fatigués
de vous voir triste, et nous ne pouvons pas vivre tranquilles si vous ne l'êtes point.

— Ma mère, vous êtes aussi bonne que le bon
Dieu, et mon père pareillement, répondit Germain ;
mais votre compassion ne peut pas porter remède à
mes ennuis : la fille que je voudrais ne veut point
de moi.

— C'est donc qu'elle est trop jeune ? S'attacher à
une jeunesse est déraison pour vous.

— Eh bien ! oui, bonne mère, j'ai cette folie de
m'être attaché à une jeunesse, et je m'en blâme. Je

fais mon possible pour n'y plus penser; mais que je
travaille ou que je me repose, que je sois à la messe
ou dans mon lit, avec mes enfants ou avec vous, j'y
pense toujours, je ne peux penser à autre chose.

— Alors c'est comme un sort qu'on vous a jeté,
Germain? Il n'y a à ça qu'un remède, c'est que cette
fille change d'idée et vous écoute. Il faudra donc que
je m'en mêle et que je voie si c'est possible. Vous allez
me dire où elle est et comment on l'appelle.

— Hélas! ma chère mère, je n'ose pas, dit Germain, parce que vous allez vous moquer de moi.

— Je ne me moquerai pas de vous, Germain, parce
que vous êtes dans la peine et que je ne veux pas vous
y mettre davantage. Serait-ce point la Fanchette?

— Non, ma mère, ça ne l'est point.

— Ou la Rosette?

— Non.

— Dites donc, car je n'en finirai pas, s'il faut que
je nomme toutes les filles du pays.

Germain baissa la tête et ne put se décider à répondre.

— Allons! dit la mère Maurice, je vous laisse tranquille pour aujourd'hui, Germain; peut-être que demain vous serez plus confiant avec moi, ou bien que
votre belle-sœur sera plus adroite à vous questionner.

Et elle ramassa sa corbeille pour aller étendre son
linge sur les buissons.

Germain fit comme les enfants qui se décident quand ils voient qu'on ne s'occupera plus d'eux. Il suivit sa belle-mère et lui nomma enfin en tremblant *la petite Marie à la Guillette.*

Grande fut la surprise de la mère Maurice : c'était la dernière à laquelle elle eût songé. Mais elle eut la délicatesse de ne point se récrier et de faire mentalement ses commentaires. Puis, voyant que son silence accablait Germain, elle lui tendit sa corbeille en lui disant : — Alors est-ce une raison pour ne point m'aider dans mon travail? Portez donc cette charge, et venez parler avec moi. Avez-vous bien réfléchi, Germain? êtes-vous bien décidé?

— Hélas! ma chère mère, ce n'est pas comme cela qu'il faut parler : je serais décidé si je pouvais réussir; mais comme je ne serais pas écouté, je ne suis décidé qu'à m'en guérir si je peux.

— Et si vous ne pouvez pas?

— Toute chose a son terme, mère Maurice : quand le cheval est trop chargé, il tombe; et quand le bœuf n'a rien à manger, il meurt.

— C'est donc à dire que vous mourrez, si vous ne réussissez point? A Dieu ne plaise, Germain! Je n'aime pas qu'un homme comme vous dise de ces choses-là, parce que quand il les dit il les pense. Vous êtes d'un grand courage, et la faiblesse est dangereuse chez les gens forts. Allons, prenez de l'espérance. Je ne conçois pas qu'une fille dans la misère, et à laquelle vous faites beaucoup d'honneur en la recherchant, puisse vous refuser.

— C'est pourtant la vérité, elle me refuse.

— Et quelles raisons vous en donne-t-elle?

— Que vous lui avez toujours fait du bien, que sa famille doit beaucoup à la vôtre, et qu'elle ne veut point vous déplaire en me détournant d'un mariage riche.

— Si elle dit cela, elle prouve de bons sentiments, et c'est honnête de sa part. Mais en vous disant cela, Germain, elle ne vous guérit point, car elle vous dit sans doute qu'elle vous aime, et qu'elle vous épouserait si nous le voulions?

— Voilà le pire! elle dit que son cœur n'est point porté vers moi.

— Si elle dit ce qu'elle ne pense pas, pour mieux vous éloigner d'elle, c'est une enfant qui mérite que nous l'aimions et que nous passions par-dessus sa jeunesse à cause de sa grande raison.

— Oui, dit Germain, frappé d'une espérance qu'il n'avait pas encore conçue : ça serait bien sage et bien *comme il faut* de sa part! mais si elle est si raisonnable, je crains bien que c'est à cause que je lui déplais.

— Germain, dit la mère Maurice, vous allez me promettre de vous tenir tranquille pendant toute la

17

semaine, de ne vous point tourmenter, de manger, de
dormir et d'être gai comme autrefois. Moi, je parlerai
à mon vieux, et si je le fais consentir, vous saurez alors
le vrai sentiment de la fille à votre endroit.

Germain promit, et la semaine se passa sans que le
père Maurice lui dît un mot en particulier et parût se
douter de rien. Le laboureur s'efforça de paraître tranquille, mais il était toujours plus pâle et plus tour-
menté.

XVII

LA PETITE MARIE

Enfin, le dimanche matin, au sortir de la messe, sa belle-mère lui demanda ce qu'il avait obtenu de sa bonne amie depuis la conversation dans le verger.

— Mais, rien du tout, répondit-il. Je ne lui ai pas parlé.

— Comment donc voulez-vous la persuader si vous ne lui parlez pas ?

— Je ne lui ai parlé qu'une fois, répondit Germain. C'est quand nous avons été ensemble à Fourche; et, depuis ce temps-là, je ne lui ai pas dit un seul mot. Son refus m'a fait tant de peine que j'aime mieux ne pas l'entendre recommencer à me dire qu'elle ne m'aime pas.

— Eh bien, mon fils, il faut lui parler maintenant;

votre beau-père vous autorise à le faire. Allez, dé-
cidez-vous! je vous le dis, et, s'il le faut, je le veux;
car vous ne pouvez pas rester dans ce doute-là.

Germain obéit. Il arriva chez la Guillette, la
tête basse et l'air accablé. La petite Marie était
seule au coin du feu, si pensive qu'elle n'entendit
pas venir Germain. Quand elle le vit devant elle,
elle sauta de surprise sur sa chaise et devint toute
rouge.

— Petite Marie, lui dit-il en s'asseyant auprès
d'elle, je viens te faire de la peine et t'ennuyer,
je le sais bien : mais *l'homme et la femme de
chez nous* (désignant ainsi, selon l'usage, les chefs
de famille) veulent que je te parle et que je te demande de m'épouser. Tu ne le veux pas toi, je m'y
attends.

— Germain, répondit la petite Marie, c'est donc
décidé que vous m'aimez?

— Ça te fâche, je le sais; mais ce n'est pas ma
faute : si tu pouvais changer d'avis, je serais trop content, et sans doute je ne mérite pas que cela soit.
Voyons, regarde-moi, Marie, je suis donc bien affreux.

— Non, Germain, répondit-elle en souriant, vous
êtes plus beau que moi.

— Ne te moque pas; regarde-moi avec indul-
gence; il ne me manque encore ni un cheveu ni une

E. Rudaux inv. et sc.

Maison Quantin, Imp.

LA MARE AU DIABLE... Chapitre XVII.

dent. Mes yeux te disent que je t'aime. Regarde-moi donc dans les yeux, ça y est écrit, et toute fille sait lire dans cette écriture-là.

Marie regarda dans les yeux de Germain avec son assurance enjouée; puis, tout à coup, elle détourna la tête et se mit à trembler.

— Ah! mon Dieu! je te fais peur, dit Germain, tu me regardes comme si j'étais le fermier des Ormeaux. Ne me crains pas, je t'en prie, cela me fait trop de mal. Je ne te dirai pas de mauvaises paroles, moi; je ne t'embrasserai pas malgré toi, et quand tu voudras que je m'en aille, tu n'auras qu'à me montrer la porte. Voyons, faut-il que je sorte pour que tu finisses de trembler?

Marie tendit la main au laboureur, mais sans détourner sa tête penchée vers le foyer et sans dire un mot.

— Je comprends, dit Germain; tu me plains, car tu es bonne; tu es fâchée de me rendre malheureux : mais tu ne peux pourtant pas m'aimer?

— Pourquoi me dites-vous de ces choses-là, Germain? répondit enfin la petite Marie, vous voulez donc me faire pleurer?

— Pauvre petite fille, tu as bon cœur, je le sais; mais tu ne m'aimes pas, et tu me caches ta figure parce que tu crains de me laisser voir ton déplaisir et ta répugnance. Et moi, je n'ose pas seulement te serrer

la main! Dans le bois, quand mon fils dormait, et que
tu dormais aussi, j'ai failli t'embrasser tout doucement. Mais je serais mort de honte plutôt que de te
le demander, et j'ai autant souffert dans cette nuit-là
qu'un homme qui brûlerait à petit feu. Depuis ce
temps-là j'ai rêvé à toi toutes les nuits. Ah! comme
je t'embrassais, Marie! Mais toi, pendant ce temps-là,
tu dormais sans rêver. Et, à présent, sais-tu ce que je
pense? c'est que si tu te retournais pour me regarder
avec les yeux que j'ai pour toi, et si tu approchais ton
visage du mien, je crois que j'en tomberais mort de
joie. Et toi, tu penses que si pareille chose t'arrivait,
tu en mourrais de colère et de honte!

Germain parlait comme dans un rêve sans entendre ce qu'il disait. La petite Marie tremblait toujours;
mais comme il tremblait encore davantage, il ne s'en
apercevait plus. Tout à coup elle se retourna; elle
était toute en larmes et le regardait d'un air de
reproche.

Le pauvre laboureur crut que c'était le dernier
coup, et, sans attendre son arrêt, il se leva pour partir; mais la jeune fille l'arrêta en l'entourant de ses
deux bras, et cachant sa tête dans son sein :

— Ah! Germain, lui dit-elle en sanglotant, vous
n'avez donc pas deviné que je vous aime?

Germain serait devenu fou, si son fils, qui le cherchait et qui entra dans la chaumière au grand galop

E. Rudaux inv. et sc.   Maison Quantin. Imp.

LA MARE AU DIABLE — Chapitre XVII

sur un bâton, avec sa petite sœur en croupe qui fouet-
tait avec une branche d'osier ce coursier imaginaire,
ne l'eût rappelé à lui-même. Il le souleva dans ses
bras, et le mettant dans ceux de sa fiancée :

— Tiens, lui dit-il, tu as fait plus d'un heureux en
m'aimant!

APPENDICE

APPENDICE

LES NOCES DE CAMPAGNE

ICI finit l'histoire du mariage de Germain, telle qu'il me l'a racontée lui-même, le fin laboureur qu'il est! Je te demande pardon, lecteur ami, de n'avoir pas su te la traduire mieux; car c'est une véritable traduction qu'il faut au langage antique et naïf des paysans de la contrée que *je chante* (comme on disait jadis). Ces gens-là parlent trop français pour nous, et, depuis Rabelais et Montaigne, les progrès de la langue nous ont fait perdre bien des vieilles richesses. Il en est ainsi de tous les progrès, il faut en prendre son parti. Mais c'est encore un plaisir d'entendre ces idiotismes pittoresques régner sur le vieux terroir du

centre de la France; d'autant plus que c'est la véritable
expression du caractère moqueusement tranquille et
plaisamment disert des gens qui s'en servent. La Touraine a conservé un certain nombre précieux de locu-
tions patriarcales. Mais la Touraine s'est grandement
civilisée avec et depuis la Renaissance. Elle s'est cou-
verte de châteaux, de routes, d'étrangers et de mouvement. Le Berry est resté stationnaire, et je crois
qu'après la Bretagne et quelques provinces de l'ex-
trême midi de la France, c'est le pays le plus *conservé*
qui se puisse trouver à l'heure qu'il est. Certaines
coutumes sont si étranges, si curieuses, que j'espère
t'amuser encore un instant, cher lecteur, si tu permets
que je te raconte en détail une noce de campagne,
celle de Germain, par exemple, à laquelle j'eus le plaisir d'assister il y a quelques années.

Car, hélas! tout s'en va. Depuis seulement que
j'existe, il s'est fait plus de mouvement dans les idées
et dans les coutumes de mon village, qu'il ne s'en était
vu durant des siècles avant la révolution. Déjà la moitié des cérémonies celtiques, païennes ou moyen âge,
que j'ai vues encore en pleine vigueur dans mon
enfance, se sont effacées. Encore un ou deux ans peut-
être, et les chemins de fer passeront leur niveau sur
nos vallées profondes, emportant, avec la rapidité de
la foudre, nos antiques traditions et nos merveilleuses
légendes.

C'était en hiver, aux environs du carnaval, époque de l'année où il est séant et convenable chez nous de faire les noces. Dans l'été on n'a guère le temps, et les travaux d'une ferme ne peuvent souffrir trois jours de retard, sans parler des jours complémentaires affectés à la digestion plus ou moins laborieuse de l'ivresse morale et physique que laisse une fête. — J'étais assis sous le vaste manteau d'une antique cheminée de cuisine, lorsque des coups de pistolet, des hurlements de chiens et les sons aigus de la cornemuse m'annoncèrent l'approche des fiancés. Bientôt le père et la mère Maurice, Germain et la petite Marie, suivis de Jacques et de sa femme, des principaux parents respectifs et des parrains et marraines des fiancés, firent leur entrée dans la cour.

La petite Marie, n'ayant pas encore reçu les cadeaux de noces, appelés *livrées*, était vêtue de ce qu'elle avait de mieux dans ses hardes modestes : une robe de gros drap sombre, un fichu blanc à grands ramages de couleurs voyantes, un tablier d'*incarnat*, indienne rouge fort à la mode alors et dédaignée aujourd'hui, une coiffe de mousseline très blanche, et dans cette forme heureusement conservée, qui rappelle la coiffure d'Anne Boleyn et d'Agnès Sorel. Elle était fraîche et souriante, point orgueilleuse du tout, quoiqu'il y eût bien de quoi. Germain était grave et attendri auprès d'elle, comme le jeune Jacob saluant Rachel

aux citernes de Laban. Toute autre fille eût pris un
air d'importance et une tenue de triomphe ; car, dans
tous les rangs, c'est quelque chose que d'être épousée
pour ses beaux yeux. Mais les yeux de la jeune fille
étaient humides et brillants d'amour ; on voyait bien
qu'elle était profondément éprise et qu'elle n'avait
point le loisir de s'occuper de l'opinion des autres. Son
petit air résolu ne l'avait point abandonnée ; mais
c'était toute franchise et tout bon vouloir chez elle ;
rien d'impertinent dans son succès, rien de personnel
dans le sentiment de sa force. Je ne vis oncques si
gentille fiancée, lorsqu'elle répondait nettement à ses
jeunes amies qui lui demandaient si elle était contente : — Dame ! bien sûr ! je ne me plains pas du bon
Dieu.

Le père Maurice porta la parole ; il venait faire les
compliments et invitations d'usage. Il attacha d'abord
au manteau de la cheminée une branche de laurier
ornée de rubans ; ceci s'appelle l'*exploit*, c'est-à-dire
la lettre de faire part ; puis il distribua à chacun des
invités une petite croix faite d'un bout de ruban bleu
traversé d'un autre bout de ruban rose ; le rose pour
la fiancée, le bleu pour l'épouseur ; et les invités des
deux sexes durent garder ce signe pour en orner
les uns leur cornette, les autres leur boutonnière
le jour de la noce. C'est la lettre d'admission, la carte
d'entrée.

Alors le père Maurice prononça son compliment. Il invitait le maître de la maison et toute *sa compagnie,* c'est-à-dire tous ses enfants, tous ses parents, tous ses amis et tous ses serviteurs, à la bénédiction, *au festin, à la divertissance, à la dansière et à tout ce qui en suit.* Il ne manqua pas de dire : — Je viens *vous faire l'honneur* de vous *semondre.* Locution très juste, bien qu'elle nous paraisse un contresens, puisqu'elle exprime l'idée de rendre les honneurs à ceux qu'on en juge dignes.

Malgré la libéralité de l'invitation portée ainsi de maison en maison dans toute la paroisse, la politesse, qui est grandement discrète chez les paysans, veut que deux personnes seulement de chaque famille en profitent, un chef de famille sur le ménage, un de leurs enfants sur le nombre.

Ces invitations faites, les fiancés et leurs parents allèrent dîner ensemble à la métairie.

La petite Marie garda ses trois moutons sur le communal, et Germain travailla la terre comme si de rien n'était.

La veille du jour marqué pour le mariage, vers deux heures de l'après-midi, la musique arriva, c'est-à-dire le *cornemuseux* et le *vielleux,* avec leurs instruments ornés de longs rubans flottants, et jouant une marche de circonstance, sur un rythme un peu lent pour des pieds qui ne seraient pas indigènes, mais

parfaitement combiné avec la nature du terrain gras et
des chemins ondulés de la contrée. Des coups de pistolet, tirés par les jeunes gens et les enfants, annoncèrent le commencement de la noce. On se réunit peu
à peu, et l'on dansa sur la pelouse devant la maison
pour se mettre en train. Quand la nuit fut venue, on
commença d'étranges préparatifs, on se sépara en deux
bandes, et quand la nuit fut close, on procéda à la cérémonie des *livrées.*

Ceci se passait au logis de la fiancée, la chaumière
à la Guillette. La Guillette prit avec elle sa fille, une
douzaine de jeunes et jolies *pastoures,* amies et parentes
de sa fille, deux ou trois respectables matrones, voisines fortes en bec, promptes à la réplique et gar-
diennes rigides des anciens us. Puis elle choisit une
douzaine de vigoureux champions, ses parents et amis;
enfin le vieux *chanvreur* de la paroisse, homme disert
et beau parleur s'il en fut.

Le rôle que joue en Bretagne le *bazvalan,* le tailleur du village, c'est le broyeur de chanvre ou le car-
deur de laine (deux professions souvent réunies en une
seule), qui le remplit dans nos campagnes. Il est de
toutes les solennités tristes ou gaies, parce qu'il est
essentiellement érudit et beau diseur, et, dans ces
occasions, il a toujours le soin de porter la parole
pour accomplir dignement certaines formalités usi-
tées de temps immémorial. Les professions errantes,

qui introduisent l'homme au sein des familles
sans lui permettre de se concentrer dans la sienne,
sont propres à le rendre bavard, plaisant, conteur et
chanteur.

Le broyeur de chanvre est particulièrement scep-
tique. Lui et un autre fonctionnaire rustique, dont
nous parlerons tout à l'heure, le fossoyeur, sont toujours les esprits forts du lieu. Ils ont tant parlé de
revenants et ils savent si bien tous les tours dont ces
malins esprits sont capables, qu'ils ne les craignent
guère. C'est particulièrement la nuit que tous, fos-
soyeurs, chanvreurs et revenants, exercent leur indus-
trie. C'est aussi la nuit que le chanvreur raconte ses
lamentables légendes. Qu'on me permette une digression.

Quand le chanvre est *arrivé* à point, c'est-à-dire
suffisamment trempé dans les eaux courantes et à demi
séché à la *rive,* on le rapporte dans la cour des habitations; on le place debout par petites gerbes qui,
avec leurs tiges écartées du bas et leurs têtes liées en
boules, ressemblent déjà passablement le soir à une
longue procession de petits fantômes blancs, plantés
sur leurs jambes grêles et marchant sans bruit le long
des murs.

C'est à la fin de septembre, quand les nuits sont
encore tièdes, qu'à la pâle clarté de la lune on commence à broyer. Dans la journée, le chanvre a été

chauffé au four; on l'en retire, le soir, pour le broyer chaud. On se sert pour cela d'une sorte de chevalet surmonté d'un levier en bois, qui, retombant sur des rainures, hache la plante sans la couper. C'est alors qu'on entend la nuit, dans les campagnes, ce bruit sec et saccadé de trois coups frappés rapidement. Puis, un silence se fait; c'est le mouvement du bras qui retire la poignée de chanvre pour la broyer sur une autre partie de sa longueur. Et les trois coups recommencent; c'est l'autre bras qui agit sur le levier, et toujours ainsi jusqu'à ce que la lune soit voilée par les premières lueurs de l'aube. Comme ce travail ne dure que quelques jours dans l'année, les chiens ne s'y habituent pas et poussent des hurlements plaintifs vers tous les points de l'horizon.

C'est le temps des bruits insolites et mystérieux dans la campagne. Les grues émigrantes passent dans des régions où, en plein jour, l'œil les distingue à peine. La nuit, on les entend seulement; et ces voix rauques et gémissantes, perdues dans les nuages, semblent l'appel et l'adieu d'âmes tourmentées qui s'efforcent de trouver le chemin du ciel, et qu'une invincible fatalité force à planer non loin de la terre, autour de la demeure des hommes; car ces oiseaux voyageurs ont d'étranges incertitudes et de mystérieuses anxiétés dans le cours de leur traversée aérienne. Il leur arrive parfois de perdre le vent, lorsque des brises capricieuses se combattent ou se succèdent dans les hautes régions. Alors on voit, lorsque ces déroutes arrivent durant le jour, le chef de file flotter à l'aventure dans les airs, puis faire volte-face, revenir se placer à la queue de la phalange triangulaire, tandis qu'une savante manœuvre de ses compagnons les ramène bientôt en bon ordre derrière lui. Souvent, après de vains efforts, le guide épuisé renonce à conduire la caravane; un autre se présente, essaye à son tour et cède la place à un troisième, qui retrouve le courant et engage victorieusement la marche. Mais que de cris, que de reproches, que de remontrances, que de malédictions sauvages ou de questions inquiètes sont échangés, dans une langue inconnue, entre ces pèlerins ailés!

Dans la nuit sonore, on entend ces clameurs sinistres tournoyer parfois assez longtemps au-dessus des maisons; et comme on ne peut rien voir, on ressent malgré soi une sorte de crainte et de malaise sympathique, jusqu'à ce que cette nuée sanglotante se soit perdue dans l'immensité.

Il y a d'autres bruits encore qui sont propres à ce moment de l'année, et qui se passent principalement dans les vergers. La cueille des fruits n'est pas encore faite, et mille crépitations inusitées font ressembler les arbres à des êtres animés. Une branche grince, en se courbant, sous un poids arrivé tout à coup à son dernier degré de développement; ou bien, une pomme se

détache et tombe à vos pieds avec un son mat sur la
terre humide. Alors vous entendez fuir, en frôlant les
branches et les herbes, un être que vous ne voyez pas :
c'est le chien du paysan, ce rôdeur curieux, inquiet, à
la fois insolent et poltron, qui se glisse partout, qui ne
dort jamais, qui cherche toujours on ne sait quoi, qui
vous épie, caché dans les broussailles, et prend la fuite
au bruit de la pomme tombée, croyant que vous lui
lancez une pierre.

C'est durant ces nuits-là, nuits voilées et grisâtres,
que le chanvreur raconte ses étranges aventures de
follets et de lièvres blancs, d'âmes en peine et de sor-
ciers transformés en loups, de sabbat au carrefour et de
chouettes prophétesses au cimetière. Je me souviens
d'avoir passé ainsi les premières heures de la nuit autour des *broyes* en mouvement, dont la percussion im-
pitoyable, interrompant le récit du chanvreur à l'endroit le plus terrible, nous faisait passer un frisson
glacé dans les veines. Et souvent aussi le bonhomme
continuait à parler en broyant ; et il y avait quatre à
cinq mots perdus : mots effrayants, sans doute, que
nous n'osions pas lui faire répéter, et dont l'omission
ajoutait un mystère plus affreux aux mystères déjà si
sombres de son histoire. C'est en vain que les ser-
vantes nous avertissaient qu'il était bien tard pour rester dehors, et que l'heure de dormir était depuis longtemps sonnée pour nous : elles-mêmes mouraient d'envie

d'écouter encore ; et avec quelle terreur ensuite nous
traversions le hameau pour rentrer chez nous ! comme
le porche de l'église nous paraissait profond, et l'ombre
des vieux arbres épaisse et noire ! Quant au cimetière,
on ne le voyait point ; on fermait les yeux en le cô-
toyant.

Mais le chanvreur n'est pas plus que le sacristain
adonné exclusivement au plaisir de faire peur ; il aime
à faire rire, il est moqueur et sentimental au besoin,
quand il faut chanter l'amour et l'hyménée ; c'est lui
qui recueille et conserve dans sa mémoire les chansons
les plus anciennes, et qui les transmet à la postérité.
C'est donc lui qui est chargé, dans les noces, du personnage que nous allons lui voir jouer à la présentation
des livrées de la petite Marie.

II

Q UAND tout ce monde fut réuni dans la maison, on ferma, avec le plus grand soin, les portes et les fenêtres; on alla même barricader la lucarne du grenier; on mit des planches, des tréteaux, des souches et des tables en travers de toutes les issues, comme si on se préparait à soutenir un siège; et il se fit dans cet intérieur fortifié un silence d'attente assez solennel, jusqu'à ce qu'on entendit au loin des chants, des rires, et le son des instruments rustiques. C'était la bande de l'épouseur, Germain en tête, accompagné de ses plus hardis compagnons, du fossoyeur, des parents, amis et serviteurs, qui formaient un joyeux et solide cortège.

Cependant, à mesure qu'ils approchèrent de la maison, ils se ralentirent, se concertèrent et firent silence. Les jeunes filles, enfermées dans le logis, s'étaient ménagé aux fenêtres de petites fentes, par lesquelles elles

les virent arriver et se développer en ordre de bataille. Il tombait une pluie fine et froide, qui ajoutait au piquant de la situation, tandis qu'un grand feu pétillait dans l'âtre de la maison. Marie eût voulu abréger les lenteurs inévitables de ce siège en règle ; elle n'aimait pas à voir ainsi se morfondre son fiancé, mais elle n'avait pas voix au chapitre dans la circonstance, et même elle devait partager ostensiblement la mutine cruauté de ses compagnes.

Quand les deux camps furent ainsi en présence, une décharge d'armes à feu, partie du dehors, mit en grande rumeur tous les chiens des environs. Ceux de la maison se précipitèrent vers la porte en aboyant, croyant qu'il s'agissait d'une attaque réelle, et les petits enfants, que leurs mères s'efforçaient en vain de rassurer, se mirent à pleurer et à trembler. Toute cette scène fut si bien jouée qu'un étranger y eût été pris et eût songé peut-être à se mettre en état de défense contre une bande de chauffeurs.

Alors le fossoyeur, barde et orateur du fiancé, se plaça devant la porte, et, d'une voix lamentable, engagea avec le chanvreur, placé à la lucarne qui était située au-dessus de la même porte, le dialogue suivant :

LE FOSSOYEUR.

Hélas ! mes bonnes gens, mes chers paroissiens, pour l'amour de Dieu, ouvrez-moi la porte.

LE CHANVREUR.

Qui êtes-vous donc, et pourquoi prenez-vous la licence de nous appeler vos chers paroissiens? Nous ne vous connaissons pas.

LE FOSSOYEUR.

Nous sommes d'honnêtes gens bien en peine. N'ayez peur de nous, mes amis! donnez-nous l'hospitalité. Il tombe du verglas, nos pauvres pieds sont gelés, et nous revenons de si loin que nos sabots en sont fendus.

LE CHANVREUR.

Si vos sabots sont fendus, vous pouvez chercher par terre; vous trouverez bien un brin d'oisil (d'osier) pour faire des *arcelets* (petites lames de fer en forme d'arcs qu'on place sur les sabots fendus pour les consolider).

LE FOSSOYEUR.

Des arcelets d'oisil, ce n'est guère solide. Vous vous moquez de nous, bonnes gens, et vous feriez mieux de nous ouvrir. On voit luire une belle flamme dans votre logis; sans doute vous avez mis la broche, et on se réjouit chez vous le cœur et le ventre. Ouvrez donc à de pauvres pèlerins qui mourront à votre porte si vous ne leur faites merci.

20

LE CHANVREUR.

Ah ! ah ! vous êtes des pèlerins? vous ne nous disiez pas cela. Et de quel pèlerinage arrivez-vous, s'il vous plaît?

LE FOSSOYEUR.

Nous vous dirons cela quand vous nous aurez ouvert la porte, car nous venons de si loin que vous ne voudriez pas le croire.

LE CHANVREUR.

Vous ouvrir la porte? oui-da! nous ne saurions nous fier à vous. Voyons : est-ce de Saint-Sylvain de Pouligny que vous arrivez?

LE FOSSOYEUR.

Nous avons été à Saint-Sylvain de Pouligny, mais nous avons été bien plus loin encore.

LE CHANVREUR.

Alors vous avez été jusqu'à Sainte-Solange?

LE FOSSOYEUR.

A Sainte-Solange nous avons été, pour sûr; mais nous avons été plus loin encore.

LE CHANVREUR.

Vous mentez; vous n'avez même jamais été jusqu'à Sainte-Solange.

LE FOSSOYEUR.

Nous avons été plus loin, car, à cette heure, nous arrivons de Saint-Jacques de Compostelle.

LE CHANVREUR.

Quelle bêtise nous contez-vous? Nous ne connaissons pas cette paroisse-là. Nous voyons bien que vous êtes de mauvaises gens, des brigands, des *rien du tout* et des menteurs. Allez plus loin chanter vos sornettes ; nous sommes sur nos gardes, et vous n'entrerez point céans.

LE FOSSOYEUR.

Hélas! mon pauvre homme, ayez pitié de nous! Nous ne sommes pas des pèlerins, vous l'avez deviné ; mais nous sommes de malheureux braconniers poursuivis par les gardes. Mêmement les gendarmes sont après nous, et, si vous ne nous faites point cacher dans votre fenil, nous allons être pris et conduits en prison.

LE CHANVREUR.

Et qui nous prouvera que, cette fois-ci, vous soyez ce que vous dites? car voilà déjà un mensonge que vous n'avez pas pu soutenir.

LE FOSSOYEUR.

Si vous voulez nous ouvrir, nous vous montrerons une belle pièce de gibier que nous avons tuée.

LE CHANVREUR.

Montrez-la tout de suite, car nous sommes en méfiance.

LE FOSSOYEUR.

Eh bien, ouvrez une porte ou une fenêtre, qu'on vous passe la bête.

LE CHANVREUR.

Oh! que nenni! pas si sot! je vous regarde par un petit pertuis et je ne vois parmi vous ni chasseurs ni gibier.

Ici un garçon bouvier, trapu et d'une force herculéenne, se détacha du groupe où il se tenait inaperçu, éleva vers la lucarne une oie plumée, passée dans une forte broche de fer, ornée de bouquets de paille et de rubans.

— Oui-da! s'écria le chanvreur, après avoir passé avec précaution un bras dehors pour tâter le rôt; ceci n'est point une caille, ni une perdrix, ce n'est ni un lièvre, ni un lapin; c'est quelque chose comme une oie ou un dindon. Vraiment, vous êtes de beaux chasseurs! et ce gibier-là ne vous a guère fait courir. Allez plus loin, mes drôles! toutes vos menteries sont connues, et vous pouvez bien aller chez vous faire cuire votre souper. Vous ne mangerez pas le nôtre.

LE FOSSOYEUR.

Hélas! mon Dieu, où irons-nous faire cuire notre
gibier? c'est bien peu de chose pour tant de monde
que nous sommes; et, d'ailleurs, nous n'avons ni feu
ni lieu. A cette heure-ci toutes les portes sont fer-
mées, tout le monde est couché; il n'y a que vous qui
fassiez la noce dans votre maison, et il faut que vous
ayez le cœur bien dur pour nous laisser transir dehors.
Ouvrez-nous, braves gens, encore une fois; nous ne
vous occasionnerons pas de dépenses. Vous voyez bien
que nous apportons le rôti; seulement un peu de
place à votre foyer, un peu de flamme pour le faire
cuire, et nous nous en irons contents.

LE CHANVREUR.

Croyez-vous qu'il y ait trop de place chez nous
et que le bois ne nous coûte rien?

LE FOSSOYEUR.

Nous avons là une petite botte de paille pour
faire le feu, nous nous en contenterons; donnez-nous
seulement la permission de mettre la broche en travers
de votre cheminée.

LE CHANVREUR.

Cela ne sera point; vous nous faites dégoût et
point de pitié. M'est avis que vous êtes ivres, que vous

n'avez besoin de rien, et que vous voulez entrer chez
nous pour voler notre feu et nos filles.

LE FOSSOYEUR.

Puisque vous ne voulez entendre à aucune bonne
raison, nous allons entrer chez vous par force.

LE CHANVREUR.

Essayez, si vous voulez. Nous sommes assez bien
renfermés pour ne pas vous craindre. Et puisque
vous êtes insolents, nous ne vous répondrons pas
davantage.

Là-dessus le chanvreur ferma à grand bruit l'huis
de la lucarne et redescendit dans la chambre au-dessous, par une échelle. Puis il reprit la fiancée par la
main, et les jeunes gens des deux sexes se joignant à
eux, tous se mirent à danser et à crier joyeusement,
tandis que les matrones chantaient d'une voix per-
çante et poussaient de grands éclats de rire en signe
de mépris et de bravade contre ceux du dehors qui
tentaient l'assaut.

Les assiégeants, de leur côté, faisaient rage : ils
déchargeaient leurs pistolets dans les portes, faisaient
gronder les chiens, frappaient de grands coups sur les
murs, secouaient les volets, poussaient des cris
effroyables ; enfin c'était un vacarme à ne pas s'en-

tendre, une poussière et une fumée à ne se point
voir.

Pourtant cette attaque était simulée : le moment
n'était pas venu de violer l'étiquette. Si l'on parvenait,
en rôdant, à trouver un passage non gardé, une ouver-
ture quelconque, on pouvait chercher à s'introduire
par surprise, et alors, si le porteur de la broche arrivait à mettre son rôti au feu, la prise de possession du
foyer ainsi constatée, la comédie finissait et le fiancé
était vainqueur.

Mais les issues de la maison n'étaient pas assez
nombreuses pour qu'on eût négligé les précautions
d'usage, et nul ne se fût arrogé le droit d'employer la
violence avant le moment fixé pour la lutte.

Quand on fut las de sauter et de crier, le chanvreur songea à capituler. Il remonta à sa lucarne, l'ouvrit avec précaution, et salua les assiégeants désap-
pointés par un éclat de rire.

— Eh bien, mes gars, dit-il, vous voilà bien
penauds ! Vous pensiez que rien n'était plus facile que
d'entrer céans, et vous voyez que notre défense est
bonne. Mais nous commençons à avoir pitié de vous,
si vous voulez vous soumettre et accepter nos conditions.

LE FOSSOYEUR.

Parlez, mes braves gens; dites ce qu'il faut faire
pour approcher de votre foyer

LE CHANVREUR.

Il faut chanter, mes amis, mais chanter une chanson que nous ne connaissions pas, et à laquelle nous ne puissions pas répondre par une meilleure.

— Qu'à cela ne tienne! répondit le fossoyeur, et il entonna d'une voix puissante :

Voilà six mois que c'était le printemps,

— *Me promenais sur l'herbette naissante,* répondit le chanvreur d'une voix un peu enrouée, mais terrible. Vous moquez-vous, mes pauvres gens, de nous chanter une pareille vieillerie? vous voyez bien que nous vous arrêtons au premier mot!

— *C'était la fille d'un prince...*

— *Qui voulait se marier,* répondit le chanvreur. Passez, passez à une autre! nous connaissons celle-là un peu trop.

LE FOSSOYEUR.

Voulez-vous celle-ci?

En revenant de Nantes...

LE CHANVREUR.

— *J'étais bien fatigué, voyez! J'étais bien fatigué.* Celle-là est du temps de ma grand'mère. Voyons-en une autre!

LE FOSSOYEUR.

— *L'autre jour en me promenant...*

LE CHANVREUR.

— *Le long de ce bois charmant!* En voilà une qui
est bête! Nos petits-enfants ne voudraient pas se donner la peine de vous répondre! Quoi! voilà tout ce
que vous savez?

LE FOSSOYEUR.

Oh! nous vous en dirons tant que vous finirez par
rester court.

Il se passa bien une heure à combattre ainsi.
Comme les deux antagonistes étaient les deux plus
forts du pays sur la chanson, et que leur répertoire
semblait inépuisable, cela eût pu durer toute la nuit,
d'autant plus que le chanvreur mit un peu de malice à
laisser chanter certaines complaintes en dix, vingt ou
trente couplets, feignant, par son silence, de se décla-
rer vaincu. Alors on triomphait dans le camp du
fiancé, on chantait en chœur à pleine voix, et on
croyait que cette fois la partie adverse ferait défaut;
mais, à la moitié du couplet final, on entendait la voix
rude et enrhumée du vieux chanvreur beugler les derniers; après quoi il s'écriait : Vous n'aviez pas besoin
de vous fatiguer à en dire une si longue, mes enfants!
Nous la savions sur le bout du doigt!

Une ou deux fois pourtant le chanvreur fit la grimace, fronça le sourcil et se retourna d'un air désap-

21

pointé vers les matrones attentives. Le fossoyeur
chantait quelque chose de si vieux, que son adver-
saire l'avait oublié, ou peut-être qu'il ne l'avait jamais
su; mais aussitôt les bonnes commères nasillaient,
d'une voix aigre comme celle de la mouette, le refrain
victorieux; et le fossoyeur, sommé de se rendre, passait à d'autres essais.

Il eût été trop long d'attendre de quel côté resterait
la victoire. Le parti de la fiancée déclara qu'il faisait
grâce à condition qu'on offrirait à celle-ci un présent
digne d'elle.

Alors commença le chant des livrées sur un air
solennel comme un chant d'église.

Les hommes du dehors dirent en basse-taille à
l'unisson :

> Ouvrez la porte, ouvrez,
> Marie, ma mignonne,
> J'ons de beaux cadeaux à vous présenter.
> Hélas! ma mie, laissez-nous entrer.

A quoi les femmes répondirent de l'intérieur, et
en fausset, d'un ton dolent :

> Mon père est en chagrin, ma mère en grand' tristesse,
> Et moi je suis fille de trop grand' merci
> Pour ouvrir ma porte à *cette heure ici.*

Les hommes reprirent le premier couplet jusqu'au
quatrième vers, qu'ils modifièrent de la sorte :

> *J'ons un beau mouchoir à vous présenter.*

Mais, au nom de la fiancée, les femmes répondirent de même que la première fois.

Pendant vingt couplets, au moins, les hommes énumérèrent tous les cadeaux de la livrée, mentionnant toujours un objet nouveau dans le dernier vers : un beau *devanteau* (tablier), de beaux rubans, un habit de drap, de la dentelle, une croix d'or, et jusqu'à *un cent d'épingles* pour compléter la modeste corbeille de la mariée. Le refus des matrones était irrévocable; mais enfin les garçons se décidèrent à parler *d'un beau mari à leur présenter,* et elles répondirent en s'adressant à la mariée, et en lui chantant avec les hommes :

> Ouvrez la porte, ouvrez,
> Marie, ma mignonne,
> C'est un beau mari qui vient vous chercher.
> Allons, ma mie, laissons-les entrer.

III

LE MARIAGE

Aussitôt le chanvreur tira la cheville de bois qui fermait la porte à l'intérieur : c'était encore, à cette époque, la seule serrure connue dans la plupart des habitations de notre hameau. La bande du fiancé fit irruption dans la demeure de la fiancée, mais non sans combat ; car les garçons cantonnés dans la maison, même le vieux chanvreur et les vieilles commères, se mirent en devoir de garder le foyer. Le porteur de la broche, soutenu par les siens, devait arriver à planter le rôti dans l'âtre. Ce fut une véritable bataille, quoiqu'on s'abstînt de se frapper et qu'il n'y eût point de colère dans cette lutte. Mais on se poussait et on se pressait si étroitement, et il y avait tant d'amour-propre en jeu dans cet essai de force musculaire, que les résultats pouvaient être plus sérieux qu'ils ne le

paraissaient à travers les rires et les chansons. Le
pauvre vieux chanvreur, qui se débattait comme un
lion, fut collé à la muraille et serré par la foule, jusqu'à perdre la respiration. Plus d'un champion ren-
versé fut foulé aux pieds involontairement, plus d'une
main cramponnée à la broche fut ensanglantée. Ces
jeux sont dangereux, et les accidents ont été assez
graves dans les derniers temps pour que nos paysans
aient résolu de laisser tomber en désuétude la cérémonie des livrées. Je crois que nous avons vu la dernière à la noce de Françoise Meillant, et encore la
lutte ne fut-elle que simulée.

Cette lutte fut encore assez passionnée à la noce
de Germain. Il y avait une question de point d'honneur de part et d'autre à envahir et à défendre le foyer
de la Guillette. L'énorme broche de fer fut tordue
comme une vis sous les vigoureux poignets qui se la
disputaient. Un coup de pistolet mit le feu à une petite
provision de chanvre en *poupées*, placée sur une claie,
au plafond. Cet incident fit diversion, et, tandis que
les uns s'empressaient d'étouffer ce germe d'incendie,
le fossoyeur, qui était grimpé au grenier sans qu'on
s'en aperçût, descendit par la cheminée et saisit la
broche au moment où le bouvier, qui la défendait
auprès de l'âtre, l'élevait au-dessus de sa tête pour
empêcher qu'elle ne lui fût arrachée. Quelque temps
avant la prise d'assaut, les matrones avaient eu le soin

d'éteindre le feu, de crainte qu'en se débattant auprès, quelqu'un ne vînt à y tomber et à se brûler. Le facétieux fossoyeur, d'accord avec le bouvier, s'empara donc du trophée sans difficulté et le jeta en travers sur les *landiers*. C'en était fait! il n'était plus permis d'y toucher. Il sauta au milieu de la chambre et alluma un reste de paille, qui entourait la broche, pour faire le simulacre de la cuisson du rôti, car l'oie était en pièces et jonchait le plancher de ses membres épars.

Il y eut alors beaucoup de rires et de discussions fanfaronnes. Chacun montrait les horions qu'il avait reçus, et comme c'était souvent la main d'un ami qui avait frappé, personne ne se plaignit ni se querella. Le chanvreur, à demi aplati, se frottait les reins, disant qu'il s'en souciait fort peu, mais qu'il protestait contre la ruse de son compère le fossoyeur, et que, s'il n'eût été à demi mort, le foyer n'eût pas été conquis si facilement. Les matrones balayaient le pavé, et l'ordre se faisait. La table se couvrait de brocs de vin nouveau. Quand on eut trinqué ensemble et repris haleine, le fiancé fut amené au milieu de la chambre, et, armé d'une baguette, il dut se soumettre à une nouvelle épreuve.

Pendant la lutte, la fiancée avait été cachée avec trois de ses compagnes par sa mère, sa marraine et ses tantes, qui avaient fait asseoir les quatre jeunes

filles sur un banc, dans un coin reculé de la salle,
et les avaient couvertes d'un grand drap blanc. Les
trois compagnes avaient été choisies de la même taille
que Marie, et leurs cornettes de hauteur identique, de
sorte que le drap leur couvrant la tête et les enve-
loppant jusque par-dessous les pieds, il était impossible de les distinguer l'une de l'autre.

Le fiancé ne devait les toucher que du bout de sa
baguette, et seulement pour désigner celle qu'il jugeait
être sa femme. On lui donnait le temps d'examiner,
mais avec les yeux seulement, et les matrones, placées
à ses côtés, veillaient rigoureusement à ce qu'il n'y eût
point de supercherie. S'il se trompait, il ne pouvait
danser de la soirée avec sa fiancée, mais seulement
avec celle qu'il avait choisie par erreur.

Germain, se voyant en présence de ces fantômes
enveloppés sous le même suaire, craignait fort de se
tromper; et, de fait, cela était arrivé à bien d'autres,
car les précautions étaient toujours prises avec un
soin consciencieux. Le cœur lui battait. La petite
Marie essayait bien de respirer fort et d'agiter un peu
le drap; mais ses malignes rivales en faisaient autant,
poussaient le drap avec leurs doigts, et il y avait
autant de signes mystérieux que de jeunes filles sous
le voile. Les cornettes carrées maintenaient ce voile si
également qu'il était impossible de voir la forme d'un
front dessiné par ses plis.

Germain, après dix minutes d'hésitation, ferma les yeux, recommanda son âme à Dieu et tendit la baguette au hasard. Il toucha le front de la petite Marie. qui jeta le drap loin d'elle en criant victoire. Il eut alors la permission de l'embrasser, et, l'enlevant dans ses bras robustes, il la porta au milieu de la chambre et ouvrit avec elle le bal, qui dura jusqu'à deux heures du matin.

Alors on se sépara pour se réunir à huit heures. Comme il y avait un certain nombre de jeunes gens venus des environs, et qu'on n'avait pas des lits pour tout le monde, chaque invitée du village reçut dans son lit deux ou trois compagnes, tandis que les garçons allèrent pêle-mêle s'étendre sur le fourrage du grenier de la métairie. Vous pouvez bien penser que là ils ne dormirent guère, car ils ne songèrent qu'à se lutiner les uns les autres, à échanger des lazzis et à se conter de folles histoires. Dans les noces il y a de rigueur trois nuits blanches, qu'on ne regrette point.

A l'heure marquée pour le départ, après qu'on eut mangé la soupe au lait relevée d'une forte dose de poivre, pour se mettre en appétit, car le repas de noces promettait d'être copieux, on se rassembla dans la cour de la ferme. Notre paroisse étant supprimée, c'est à une demi-lieue de chez nous qu'il fallait aller chercher la bénédiction nuptiale. Il faisait un beau temps frais; mais les chemins étant fort gâtés, chacun

22

s'était muni d'un cheval, et chaque homme prit en croupe une compagne jeune ou vieille. Germain partit sur la *Grise*, qui, bien pansée, ferrée à neuf et ornée de rubans, piaffait et jetait le feu par les naseaux. Il alla chercher sa fiancée à la chaumière avec son beau-frère Jacques, lequel, monté sur la vieille *Grise*, prit la bonne mère Guillette en croupe, tandis que Germain rentra dans la cour de la ferme, amenant sa chère petite femme d'un air de triomphe.

Puis la joyeuse cavalcade se mit en route, escortée par les enfants à pied, qui couraient en tirant des coups de pistolet et faisaient bondir les chevaux. La mère Maurice était montée sur une petite charrette avec les trois enfants de Germain et les ménétriers. Ils ouvraient la marche au son des instruments. Petit-Pierre était si beau, que la vieille grand'mère en était tout orgueilleuse. Mais l'impétueux enfant ne tint pas longtemps à ses côtés. A un temps d'arrêt qu'il fallut faire à mi-chemin pour s'engager dans un passage difficile, il s'esquiva et alla supplier son père de l'asseoir devant lui sur la *Grise*.

— Oui-da ! répondit Germain, cela va nous attirer de mauvaises plaisanteries ! il ne faut point.

— Je ne me soucie guère de ce que diront les gens de Saint-Chartier, dit la petite Marie. Prenez-le, Germain, je vous en prie : je serai encore plus fière de lui que de ma toilette de noces.

Germain céda, et le beau trio s'élança dans les
rangs au galop triomphant de la *Grise*.

Et, de fait, les gens de Saint-Chartier, quoique
très railleurs et un peu taquins à l'endroit des paroisses environnantes réunies à la leur, ne songèrent
point à rire en voyant un si beau marié, une si jolie
mariée, et un enfant qui eût fait envie à la femme
d'un roi. Petit-Pierre avait un habit complet de drap
bleu barbeau, un gilet rouge si coquet et si court
qu'il ne lui descendait guère au-dessous du menton.
Le tailleur du village lui avait si bien serré les en-
tournures qu'il ne pouvait rapprocher ses deux petits
bras. Aussi comme il était fier! Il avait un chapeau
rond avec une ganse noire et or, et une plume de
paon sortant crânement d'une touffe de plumes de
pintade. Un bouquet de fleurs plus gros que sa tête lui
couvrait l'épaule, et les rubans lui flottaient jusqu'aux
pieds. Le chanvreur, qui était aussi le barbier et le
perruquier de l'endroit, lui avait coupé les cheveux
en rond, en lui couvrant la tête d'une écuelle et retranchant tout ce qui passait, méthode infaillible pour
assurer le coup de ciseau. Ainsi accoutré, le pauvre
enfant était moins poétique, à coup sûr, qu'avec ses
longs cheveux au vent et sa peau de mouton à la Saint-
Jean-Baptiste; mais il n'en croyait rien, et tout le
monde l'admirait, disant qu'il avait l'air d'un petit
homme. Sa beauté triomphait de tout, et de quoi ne

triompherait pas. en effet, l'incomparable beauté de
l'enfance?

Sa petite sœur Solange avait, pour la première
fois de sa vie, une cornette à la place du béguin d'indienne que portent les petites filles jusqu'à l'âge de
deux ou trois ans. Et quelle cornette! plus haute et
plus large que tout le corps de la pauvrette. Aussi
comme elle se trouvait belle! Elle n'osait pas tourner
la tête et se tenait toute raide, pensant qu'on la pren-
drait pour la mariée.

Quant au petit Sylvain. il était encore en robe, et,
endormi sur les genoux de sa grand'mère, il ne se
doutait guère de ce que c'est qu'une noce.

Germain regardait ses enfants avec amour, et, en
arrivant à la mairie, il dit à sa fiancée :

— Tiens, Marie, j'arrive là un peu plus content
que le jour où je t'ai ramenée chez nous, des bois de
Chanteloube, croyant que tu ne m'aimerais jamais; je
te pris dans mes bras pour te mettre à terre comme à
présent; mais je pensais que nous ne nous retrouve-
rions plus jamais sur la pauvre bonne Grise avec cet
enfant sur nos genoux. Tiens, je t'aime tant, j'aime
tant ces pauvres petits, je suis si heureux que tu
m'aimes, et que tu les aimes, et que mes parents t'aiment. et j'aime tant ma mère et mes amis, et tout le
monde aujourd'hui, que je voudrais avoir trois ou
quatre cœurs pour y suffire. Vrai, c'est trop peu d'un

pour y loger tant d'amitiés et tant de contentements!
J'en ai comme mal à l'estomac.

Il y eut une foule à la porte de la mairie et de
l'église pour regarder la jolie mariée. Pourquoi ne di-
rions-nous pas son costume? il lui allait si bien!
Sa cornette de mousseline claire et brodée partout
avait les barbes garnies de dentelle. Dans ce temps-là
les paysannes ne se permettaient pas de montrer un
seul cheveu; et quoiqu'elles cachent sous leurs cornettes de magnifiques chevelures roulées dans des rubans de fil blanc pour soutenir la coiffe, encore aujourd'hui ce serait une action indécente et honteuse
que de se montrer aux hommes la tête nue. Cependant elles se permettent à présent de laisser passer sur
le front un mince bandeau qui les embellit beaucoup.
Mais je regrette la coiffure classique de mon temps :
ces dentelles blanches à cru sur la peau avaient un
caractère d'antique chasteté qui me semblait plus solennel, et quand une figure était belle ainsi, c'était
d'une beauté dont rien ne peut exprimer le charme et
la majesté naïve.

La petite Marie portait encore cette coiffure, et son
front était si blanc et si pur, qu'il défiait le blanc du
linge de l'assombrir. Quoiqu'elle n'eût pas fermé l'œil
de la nuit, l'air du matin et surtout la joie intérieure
d'une âme aussi limpide que le ciel, et puis encore un
peu de flamme secrète, contenue par la pudeur de l'ado-

lescence, lui faisaient monter aux joues un éclat aussi suave que la fleur du pêcher aux premiers rayons d'avril.

Son fichu blanc, chastement croisé sur son sein, ne laissait voir que les contours délicats d'un cou arrondi comme celui d'une tourterelle; son déshabillé de drap fin vert-myrte dessinait sa petite taille, qui semblait parfaite, mais qui devait grandir et se développer encore, car elle n'avait pas dix-sept ans. Elle portait un tablier de soie violet-pensée, avec la bavette, que nos villageoises ont eu le tort de supprimer et qui donnait tant d'élégance et de modestie à la poitrine. Aujourd'hui elles étalent leur fichu avec plus d'orgueil, mais il n'y a plus dans leur toilette cette fine fleur d'antique pudicité qui les faisait ressembler à des vierges d'Holbein. Elles sont plus coquettes, plus gracieuses. Le bon genre autrefois était une sorte de raideur sévère qui rendait leur rare sourire plus profond et plus idéal.

A l'offrande, Germain mit, selon l'usage, le *treizain*, c'est-à-dire treize pièces d'argent, dans la main de sa fiancée. Il lui passa au doigt une bague d'argent, d'une forme invariable depuis des siècles, mais que *l'alliance d'or* a remplacée désormais. Au sortir de l'église, Marie lui dit tout bas : Est-ce bien la bague que je souhaitais? celle que je vous ai demandée, Germain?

— Oui, répondit-il, celle que ma Catherine avait

au doigt lorsqu'elle est morte. C'est la même bague pour mes deux mariages.

— Je vous remercie, Germain, dit la jeune femme d'un ton sérieux et pénétré. Je mourrai avec, et si c'est avant vous, vous la garderez pour le mariage de votre petite Solange.

IV

LE CHOU

ON remonta à cheval et on revint très vite à Belair. Le repas fut splendide et dura, entremêlé
de danses et de chants, jusqu'à minuit. Les vieux ne
quittèrent point la table pendant quatorze heures. Le
fossoyeur fit la cuisine et la fit fort bien. Il était
renommé pour cela, et il quittait ses fourneaux pour
venir danser et chanter entre chaque service. Il était
épileptique pourtant, ce pauvre père Bontemps. Qui
s'en serait douté? Il était frais, fort, et gai comme un
jeune homme. Un jour nous le trouvâmes comme mort,
tordu par son mal dans un fossé, à l'entrée de la nuit.
Nous le rapportâmes chez nous dans une brouette et
nous passâmes la nuit à le soigner. Trois jours après il
était de noce, chantait comme une grive et sautait
comme un cabri, se trémoussant à l'ancienne mode. En
sortant d'un mariage, il allait creuser une fosse et

23

clouer une bière. Il s'en acquittait pieusement, et quoiqu'il n'y parût point ensuite à sa belle humeur, il en
conservait une impression sinistre qui hâtait le retour
de son accès. Sa femme, paralytique, ne bougeait de sa
chaise depuis vingt ans. Sa mère en a cent quarante et
vit encore. Mais lui, le pauvre homme si gai, si bon, si
amusant, il s'est tué l'an dernier en tombant de son grenier sur le pavé. Sans doute, il était en proie au fatal
accès de son mal, et, comme d'habitude, il s'était caché
dans le foin pour ne pas effrayer et affliger sa famille.
Il termina ainsi, d'une manière tragique, une vie étrange
comme lui-même, un mélange de choses lugubres et
folles, terribles et riantes, au milieu desquelles son
cœur était toujours resté bon et son caractère aimable.

Mais nous arrivons à la troisième journée des noces,
qui est la plus curieuse et qui s'est maintenue dans toute
sa rigueur jusqu'à nos jours. Nous ne parlerons pas de
la rôtie que l'on porte au lit nuptial ; c'est un assez sot
usage qui fait souffrir la pudeur de la mariée et tend à
détruire celle des jeunes filles qui y assistent. D'ailleurs, je crois que c'est un usage de toutes les provinces,
et qui n'a chez nous rien de particulier.

De même que la cérémonie des *livrées* est le symbole de la prise de possession du cœur et du domicile
de la mariée, celle du *chou* est le symbole de la fécondité de l'hymen. Après le déjeuner du lendemain de
noces commence cette bizarre représentation d'origine

gauloise, mais qui, en passant par le christianisme pri-
mitif, est devenue peu à peu une sorte de *mystère*, ou
de moralité bouffonne du moyen âge.

Deux garçons (les plus enjoués et les mieux disposés
de la bande) disparaissent pendant le déjeuner, vont se
costumer et enfin reviennent escortés de la musique, des
chiens, des enfants et des coups de pistolet. Ils représentent un couple de gueux, mari et femme, couverts des
haillons les plus misérables. Le mari est le plus sale des
deux : c'est le vice qui l'a ainsi dégradé ; la femme n'est
que malheureuse et avilie par les désordres de son époux.

Ils s'intitulent le *jardinier et la jardinière* et se
disent préposés à la garde et à la culture du chou
sacré. Mais le mari porte diverses qualifications qui
toutes ont un sens. On l'appelle indifféremment le
pailloux, parce qu'il est coiffé d'une perruque de paille
ou de chanvre, et que, pour cacher sa nudité mal ga-
rantie par ses guenilles, il s'entoure les jambes et une
partie du corps de paille. Il se fait aussi un gros ventre
ou une bosse avec de la paille ou du foin cachés sous sa
blouse. Le *peilloux,* parce qu'il est couvert de *peille*
(guenilles). Enfin, le *païen,* ce qui est plus significatif
encore, parce qu'il est censé, par son cynisme et ses
débauches, résumer en lui l'antipode de toutes les ver-
tus chrétiennes.

Il arrive, le visage barbouillé de suie et de lie de vin,
quelquefois affublé d'un masque grotesque. Une mau-

vaise tasse de terre ébréchée, ou un vieux sabot pendu
à sa ceinture par une ficelle, lui sert à demander l'aumône
du vin. Personne ne lui refuse, et il feint de boire, puis
il répand le vin par terre, en signe de libation. A chaque pas, il tombe, il se roule dans la boue; il affecte
d'être en proie à l'ivresse la plus honteuse. Sa pauvre
femme court après lui, le ramasse, appelle au secours,
arrache les cheveux de chanvre qui sortent en mèches
hérissées de sa cornette immonde, pleure sur l'abjection de son mari et lui fait des reproches pathétiques.

— Malheureux! lui dit-elle, vois où nous a réduits
ta mauvaise conduite! J'ai beau filer, travailler pour
toi, raccommoder tes habits! tu te déchires, tu te
souilles sans cesse. Tu m'as mangé mon pauvre bien,
nos six enfants sont sur la paille, nous vivons dans
une étable avec les animaux; nous voilà réduits à demander l'aumône, et encore tu es si laid, si dégoûtant,
si méprisé, que bientôt on nous jettera le pain comme
à des chiens. Hélas! mes pauvres *mondes* (mes pauvres
gens), ayez pitié de nous! ayez pitié de moi! Je n'ai
pas mérité mon sort, et jamais femme n'a eu un mari
plus malpropre et plus détestable. Aidez-moi à le ra-
masser, autrement les voitures l'écraseront comme un
vieux tesson de bouteille, et je serai veuve, ce qui achè-
verait de me faire mourir de chagrin, quoique tout le
monde dise que ce serait un grand bonheur pour moi.

Tel est le rôle de la jardinière et ses lamentations

continuelles durant toute la pièce. Car c'est une véritable comédie libre, improvisée, jouée en plein air, sur les chemins, à travers champs, alimentée par tous les accidents fortuits qui se présentent, et à laquelle tout le monde prend part, gens de la noce et du dehors, hôtes des maisons et passants des chemins pendant trois ou quatre heures de la journée, ainsi qu'on va le voir. Le thème est invariable, mais on brode à l'infini sur ce thème, et c'est là qu'il faut voir l'instinct mimique, l'abondance d'idées bouffonnes, la faconde, l'esprit de repartie et même l'éloquence naturelle de nos paysans.

Le rôle de la jardinière est ordinairement confié à un homme mince, imberbe et à teint frais, qui sait donner une grande vérité à son personnage et jouer le désespoir burlesque avec assez de naturel pour qu'on en soit égayé et attristé en même temps comme d'un fait réel. Ces hommes maigres et imberbes ne sont pas rares dans nos campagnes, et, chose étrange, ce sont parfois les plus remarquables pour la force musculaire.

Après que le malheur de la femme est constaté, les jeunes gens de la noce l'engagent à laisser là son ivrogne de mari et à se divertir avec eux. Ils lui offrent le bras et l'entraînent. Peu à peu elle s'abandonne, s'égaye et se met à courir, tantôt avec l'un, tantôt avec l'autre, prenant des allures dévergondées : nouvelle *moralité*, l'inconduite du mari provoque et amène celle de la femme.

Le païen se réveille alors de son ivresse ; il cherche

des yeux sa compagne, s'arme d'une corde et d'un
bâton, et court après elle. On le fait courir, on se
cache, on passe la femme de l'un à l'autre, on essaye
de la distraire et de tromper le jaloux. Ses *amis* s'efforcent de l'enivrer. Enfin il rejoint son infidèle et veut
la battre. Ce qu'il y a de plus réel et de mieux ob-
servé dans cette parodie des misères de la vie con-
jugale, c'est que le jaloux ne s'attaque jamais à ceux
qui lui enlèvent sa femme. Il est fort poli et prudent
avec eux, il ne veut s'en prendre qu'à la coupable,
parce qu'elle est censée ne pouvoir lui résister.

Mais au moment où il lève son bâton et apprête sa
corde pour attacher la délinquante, tous les hommes de
la noce s'interposent et se jettent entre les deux époux.
Ne la battez pas ! ne battez jamais votre femme !
est la formule qui se répète à satiété dans ces scènes.
On désarme le mari, on le force à pardonner, à embrasser sa femme, et bientôt il affecte de l'aimer plus
que jamais. Il s'en va bras dessus, bras dessous avec
elle, en chantant et en dansant, jusqu'à ce qu'un
nouvel accès d'ivresse le fasse rouler par terre : et alors
recommencent les lamentations de la femme, son dé-
couragement, ses égarements simulés, la jalousie du
mari, l'intervention des voisins et le raccommode-
ment. Il y a dans tout cela un enseignement naïf,
grossier même, qui sent fort son origine moyen âge,
mais qui fait toujours impression, sinon sur les mariés,

trop amoureux ou trop raisonnables aujourd'hui pour en avoir besoin, du moins sur les enfants et les adolescents. Le païen effraye et dégoûte tellement les jeunes filles, en courant après elles et en feignant de vouloir les embrasser, qu'elles fuient avec une émotion qui n'a rien de joué. Sa face barbouillée et son grand bâton (inoffensif pourtant) font jeter les hauts cris aux marmots. C'est de la comédie de mœurs à l'état le plus élémentaire, mais aussi le plus frappant.

Quand cette farce est bien mise en train, on se dispose à aller chercher le chou. On apporte une civière sur laquelle on place le païen armé d'une bêche, d'une corde et d'une grande corbeille. Quatre hommes vigoureux l'enlèvent sur leurs épaules. Sa femme le suit à pied, les *anciens* viennent en groupe après lui d'un air grave et pensif; puis la noce marche par couples au pas réglé par la musique. Les coups de pistolet recommencent, les chiens hurlent plus que jamais à la vue du païen immonde, ainsi porté en triomphe. Les enfants l'encensent dérisoirement avec des sabots au bout d'une ficelle.

Mais pourquoi cette ovation à un personnage si repoussant? On marche à la conquête du chou sacré, emblème de la fécondité matrimoniale, et c'est cet ivrogne abruti qui, seul, peut porter la main sur la plante symbolique. Sans doute il y a là un mystère antérieur au christianisme, et qui rappelle la fête des Saturnales.

ou quelque bacchanale antique. Peut-être ce païen, qui
est en même temps le jardinier par excellence, n'est-il
rien moins que Priape en personne, le dieu des jardins
et de la débauche. divinité qui dut être pourtant chaste
et sérieuse dans son origine, comme le mystère de la
reproduction, mais que la licence des mœurs et l'éga-
rement des idées ont dégradée insensiblement.

Quoi qu'il en soit, la marche triomphale arrive
au logis de la mariée et s'introduit dans son jardin.
Là on choisit le plus beau chou, ce qui ne se fait pas
vite, car les anciens tiennent conseil et discutent à
perte de vue, chacun plaidant pour le chou qui lui
paraît le plus convenable. On va aux voix, et quand
le choix est fixé, le *jardinier* attache sa corde autour
de la tige et s'éloigne autant que le permet l'étendue
du jardin. La jardinière veille à ce que, dans sa chute,
le légume sacré ne soit point endommagé. Les *Plai-
sants* de la noce, le chanvreur, le fossoyeur, le charpen-
tier ou le sabotier (tous ceux enfin qui ne travaillent
pas la terre, et qui, passant leur vie chez les autres,
sont réputés avoir, et ont réellement plus d'esprit et
de babil que les simples ouvriers agriculteurs), se
rangent autour du chou. L'un ouvre une tranchée à
la bêche, si profonde qu'on dirait qu'il s'agit d'abattre
un chêne. L'autre met sur son nez une *drogue* en bois
ou en carton qui simule une paire de lunettes : il fait
l'office d'*ingénieur*, s'approche, s'éloigne, lève un plan,

lorgne les travailleurs, tire des lignes, fait le pédant,
s'écrie qu'on va tout gâter, fait abandonner et reprendre le travail selon sa fantaisie, et le plus longuement,
le plus ridiculement possible dirige la besogne. Ceci
est-il une addition au formulaire antique de la cérémonie, en moquerie des théoriciens en général que le
paysan coutumier méprise souverainement, ou en
haine des arpenteurs qui règlent le cadastre et répar-
tissent l'impôt, ou enfin des employés aux ponts et
chaussées qui convertissent des communaux en routes
et font supprimer de vieux abus chers au paysan?
Tant il y a que ce personnage de la comédie s'appelle
le *géomètre,* et qu'il fait son possible pour se rendre
insupportable à ceux qui tiennent la pioche et la pelle.

Enfin, après un quart d'heure de difficultés et de
momeries, pour ne pas couper les racines du chou et
le déplanter sans dommage, tandis que des pelletées
de terre sont lancées au nez des assistants (tant pis
pour qui ne se range pas assez vite; fût-il évêque ou
prince, il faut qu'il reçoive le baptême de la terre), le
paien tire la corde, la païenne tend son tablier, et le
chou tombe majestueusement aux *vivat* des spectateurs.
Alors on apporte la corbeille, et le couple païen y
plante le chou avec toutes sortes de soins et de précautions. On l'entoure de terre fraîche, on le soutient avec
des baguettes et des liens, comme font les bouquetières
des villes pour leurs splendides camélias en pot; on

24

pique des pommes rouges au bout des baguettes, des
branches de thym, de sauge et de laurier tout autour; on
chamarre le tout de rubans et de banderoles; on re-
charge le trophée sur la civière avec le païen, qui doit le
maintenir en équilibre et le préserver d'accident, et
enfin on sort du jardin en bon ordre et au pas de marche.

Mais là quand il s'agit de franchir la porte, de même
que lorsque ensuite il s'agit d'entrer dans la cour de la
maison du marié, un obstacle imaginaire s'oppose au
passage. Les porteurs du fardeau trébuchent, poussent
de grandes exclamations, reculent, avancent encore et,
comme repoussés par une force invisible, feignent de
succomber sous le poids. Pendant cela, les assistants
rient, excitent et calment l'attelage humain. « Bellement! bellement, enfant! La, la, courage! Prenez
garde! patience! Baissez-vous. La porte est trop basse!
Serrez-vous, elle est trop étroite! un peu à gauche;
à droite à présent! allons, du cœur, vous y êtes! »

C'est ainsi que dans les années de récolte abon-
dante, le char à bœufs, chargé outre mesure de fourrage ou de moissons, se trouve trop large ou trop
haut pour entrer sous le porche de la grange. C'est
ainsi qu'on crie après les robustes animaux pour les
retenir ou les exciter; c'est ainsi qu'avec de l'adresse
et de vigoureux efforts on fait passer la montagne des
richesses, sans l'écrouler, sous l'arc de triomphe rustique. C'est surtout le dernier charroi, appelé la *ger-*

baude, qui demande ces précautions, car c'est aussi une
fête champêtre, et la dernière gerbe enlevée au dernier
sillon est placée au sommet du char, ornée de rubans
et de fleurs, de même que le front des bœufs et l'aiguillon du bouvier. Ainsi l'entrée triomphale et pénible
du chou dans la maison est un simulacre de la prospérité et de la fécondité qu'il représente.

Arrivé dans la cour du marié, le chou est enlevé
et porté au plus haut de la maison ou de la grange.
S'il est une cheminée, un pignon, un pigeonnier plus
élevé que les autres faîtes, il faut, à tout risque, porter ce fardeau au point culminant de l'habitation. Le
païen l'accompagne jusque-là, le fixe et l'arrose d'un
grand broc de vin, tandis qu'une salve de coups de
pistolet et les contorsions joyeuses de la païenne
signalent son inauguration.

La même cérémonie recommence immédiatement.
On va déterrer un autre chou dans le jardin du marié
pour le porter avec les mêmes formalités sur le toit
que sa femme vient d'abandonner pour le suivre. Ces
trophées restent là jusqu'à ce que le vent et la pluie
détruisent les corbeilles et emportent le chou. Mais ils
y vivent assez longtemps pour donner quelque chance
de succès à la prédiction que font les anciens et les
matrones en le saluant. « Beau chou, disent-ils, vis et
fleuris, afin que notre jeune mariée ait un beau petit
enfant avant la fin de l'année; car si tu mourais trop

vite, ce serait signe de stérilité, et tu serais là-haut sur sa maison comme un mauvais présage. »

La journée est déjà avancée quand toutes ces choses sont accomplies. Il ne reste plus qu'à faire la conduite aux parrains et marraines des conjoints. Quand ces parents putatifs demeurent au loin, on les accompagne avec la musique et toute la noce jusqu'aux limites de la paroisse. Là, on danse encore sur le chemin et on les embrasse en se séparant d'eux. Le païen et sa femme sont alors débarbouillés et rhabillés proprement, quand la fatigue de leur rôle ne les a pas forcés à aller faire un somme.

On dansait, on chantait et on mangeait encore à la métairie du Belair, ce troisième jour de noce, à minuit, lors du mariage de Germain. Les anciens, attablés, ne pouvaient s'en aller, et pour cause. Ils ne retrouvèrent leurs jambes et leurs esprits que le lendemain au petit jour. Alors, tandis que ceux-là regagnaient leurs demeures, silencieux et trébuchants, Germain, fier et dispos, sortit pour aller lier ses bœufs, laissant sommeiller sa jeune campagne jusqu'au lever du soleil. L'alouette, qui chantait en montant vers les cieux, lui semblait être la voix de son cœur rendant grâce à la Providence. Le givre, qui brillait aux buissons décharnés, lui semblait la blancheur des fleurs d'avril précédant l'apparition des feuilles. Tout était riant et serein pour lui dans la nature. Le petit Pierre

F. Rudaux inv. et sc   Maison Quantin. Imp.

LA MARE AU DIABLE — Appendice.

avait tant ri et tant sauté la veille, qu'il ne vint pas l'aider à conduire ses bœufs ; mais Germain était content d'être seul. Il se mit à genoux dans le sillon qu'il allait refendre, et fit la prière du matin avec une effusion si grande que deux larmes coulèrent sur ses joues encore humides de sueur.

On entendait au loin les chants des jeunes garçons des paroisses voisines, qui partaient pour retourner chez eux, et qui redisaient d'une voix un peu enrouée les refrains joyeux de la veille.

TABLES

TABLE DES GRAVURES

———

25

TABLE DES MATIÈRES

ACHEVÉ D'IMPRIMER

Sur les presses typographiques et en taille-douce

de la

MAISON QUANTIN

COMPAGNIE GÉNÉRALE D'IMPRESSION ET D'ÉDITION

A PARIS

Le quinze décembre mil huit cent quatre-vingt-huit

BIBLIOTHÈQUE DES CHEFS-D'ŒUVRE
DU ROMAN CONTEMPORAIN

OUVRAGES PARUS

GUSTAVE FLAUBERT. — **Madame Bovary.** 1 volume illustré de 12 compositions par ALBERT FOURIÉ, gravées à l'eau-forte par H. ABOT et D. MORDANT. . . **25 francs.**

OCTAVE FEUILLET. — **Monsieur de Camors.** 1 vol. illustré de 11 compositions par S. REJCHAN, gravées par M⁣ᵐᵉ LOUVEAU-ROUVEYRE et MM. DAUMONT et DUVIVIER. **25 francs.**

H. DE BALZAC. — **Le Père Goriot.** 1 volume illustré de 10 compositions par LYNCH, gravées à l'eau-forte par B. ABOT. . . . . **25 francs.**

GEORGE SAND. — **Mauprat.** 1 volume illustré de 10 compositions, par J. LE BLANT, gravées à l'eau-forte par H. TOUSSAINT. . . . . **25 francs.**

ED. ET J. DE GONCOURT. — **Germinie Lacerteux.** 1 volume illustré de 10 dessins de JEANNIOT, gravés à l'eau-forte par L. MULLER. . . . . . . **25 francs.**

JULES CLARETIE. — **Monsieur le Ministre.** 1 volume illustré de 10 compositions par ADRIEN MARIE, gravées à l'eau-forte par WALLET . . . . . **25 francs.**

GUSTAVE FLAUBERT. — **Salammbô.** 1 volume illustré de 10 compositions par A. POIRSON, gravées à l'eau-forte par M⁣ᵐᵉ LOUVEAU-ROUVEYRE, MM. L. MULLER et G. MERCIER. . . . . **25 francs.**

A. DE LAMARTINE. — **Raphaël.** 1 volume illustré de 10 compositions par AD. SANDOZ, gravées à l'eau-forte, par CHAMPOLLION. . . . . **25 francs.**

— Le même ouvrage, in-4°, sur beau vélin, avec planches à l'eau-forte sur Chine encollé. Prix, cartonné. . . . . **30 francs.**

H. DE BALZAC. — **La Cousine Bette.** 1 vol. illustré de 10 compositions par G. CAIN, gravées à l'eau-forte par GAUJEAN et GÉRY-BICHARD. . . . **25 francs.**

ALPHONSE DAUDET. — **Sapho.** 1 volume illustré de 10 compositions gravées à l'eau-forte par B. ABOT et A. DUVIVIER; vignettes dans le texte par G. MONTAIGU. . . . . **25 francs.**

CHARLES DE BERNARD. — **Gerfaut.** 1 volume illustré de 10 compositions par WEISS, gravées à l'eau-forte par H. MANESSE. . . . . **25 francs.**

Il a été tiré de chaque ouvrage des exemplaires numérotés sur papier du Japon, en partie épuisés.

LA DAME AUX CAMÉLIAS
ÉDITION EXCEPTIONNELLE
Avec une nouvelle Préface de A. DUMAS Fils

1 vol. in-4°, avec illustrations de A. LYNCH en héliogravure et à l'eau-forte. . **50 francs.**

OCTAVE FEUILLET
LE ROMAN D'UN JEUNE HOMME PAUVRE
1 vol. in-4° illustré de dessins de L. MOUCHOT, gravés sur bois par MÉAULLE et d'un portrait à l'eau-forte gravé par WALLET.

Prix, broché. . . . . **25 fr.** | Reliure sous étoffe. . . .

100 exemplaires sur papier du Japon, 100 fr.

LISTE DES OUVRAGES À PARAÎTRE DANS CETTE BIBLIOTHÈQUE :

H. DE BALZAC.
César Birotteau, 1 vol.
Le Lys dans la Vallée, 1 vol.
Eugénie Grandet, Pierrette, 1 vol.

VICTOR CHERBULIEZ.
La Ferme du Choquard, 1 vol.

ALEXANDRE DUMAS.
Les Trois Mousquetaires, 1 vol.
La Reine Margot, 1 vol.
Souvenirs d'Antony, 1 vol.

ERNEST FEYDEAU.
Fanny, 1 vol.

THÉOPHILE GAUTIER.
Le Roman de la Momie, 1 vol.

LUDOVIC HALÉVY.
L'abbé Constantin, Deux Mariages, 1 vol.

VICTOR HUGO.
Les Misérables, 6 vol.

ALPHONSE KARR.
Sous les Tilleuls, 1 vol.

PROSPER MÉRIMÉE.
Colomba, Carmen, 1 vol.

MÉRY.
La Guerre du Nizam, 1 vol.

HENRY MURGER.
La Vie de Bohème, 1 vol.

ALFRED DE MUSSET.
Confession d'un enfant du siècle, 1 vol.

CHARLES NODIER.
La Fée aux Miettes, Trilby, 1 vol.

SAINTE-BEUVE.
Volupté, 1 vol.

GEORGE SAND.
Le Marquis de Villemer, 1 vol.

JULES SANDEAU.
Mademoiselle de la Seiglière, 1 vol.
Marianna, 1 vol.

ÉMILE SOUVESTRE.
Un Philosophe sous les toits, 1 vol.

ANDRÉ THEURIET.
Le Fils Maugars, 1 vol.

ALFRED DE VIGNY.
Cinq-Mars, 1 vol.

ÉMILE ZOLA.
L'Assommoir, 1 vol.

Paris. — Maison Quantin, 7, rue Saint-Benoît.

www.ingramcontent.com/pod-product-compliance
Lightning Source LLC
Chambersburg PA
CBHW051817020726
47502CB00005B/1501